KB020116

로크미디어가
유혹하는
재미있는 세상

달빛
조각사

# 달빛 조각사 55

2019년 3월 25일 초판 1쇄 인쇄
2019년 3월 28일 초판 1쇄 발행

**지은이** 남희성
**발행인** 이종주

**기획 팀** 이기헌 왕소현 박경무 이승제
**책임 편집** 이세종

**발행처** (주)로크미디어
**출판등록** 2003년 3월 24일
**주소** 서울시 마포구 성암로 330 DMC첨단산업센터 3층 318호, 319호
**Tel** (02)3273-5135  **Fax** (02)3273-5134
**홈페이지** rokmedia.com  **E-mail** rokmedia@empas.com

ⓒ 남희성, 2007

값 8,000원

ISBN 979-11-294-0982-9 (55권)
ISBN 978-89-5857-902-1 04810 (세트)

달빛조각사 55

남희성 게임 판타지 소설

ROK MEDIA
로크미디어

## 차례

# 빈집 털이

이현이 캡슐에서 나왔을 때는 저녁 무렵이었다.

"땅굴이라……."

일반적으로 케이베른의 레어에 들어가서 희생의 화로를 훔치는 건 불가능에 가까웠다.

무엇보다도 드래곤의 존재 때문에라도 도둑질을 한다는 건 그야말로 자살행위.

"그렇지만 공교롭게도… 케이베른은 일주일에 한 번씩 도시를 파괴하기 위해 레어를 비운단 말이지. 즉, 이건 빈집 털이야."

빈집 털이!

눈 뜨고 코 베어 가는 세상에, 드래곤이 집에 없다면 못 할

게 뭐 있단 말인가.

원래대로라면 몰래 잠입해서 들키지 않도록 갖은 고생도 하고, 은밀하게 진행을 했어야 마땅하리라.

그렇지만 드래곤이 자리를 비운다면 퀘스트를 둘러싼 환경이 완전히 달라지는 셈이었다.

"원래대로라면 정말 극악의 난이도를 가진 퀘스트야. 하지만 이렇게 되면 희생의 화로가 문제가 아니지. 잘하면 레어의 보물을 몽땅 털어 먹을 수도 있다는 건데."

이현은 벽에 토르 지역의 대형 지도를 붙였다.

드워프 마을과 광산의 위치와 방향, 케이베른의 레어를 표시했다.

과거에 악룡 케이베른에게 상납하는 퀘스트를 진행한 적도 있었다.

아가테의 수정으로 만든 '눈부신 케이베른 조각상'.

보석 조각품을 바치기 위해 레어에 들어가 본 경험도 참고했다.

"몬스터들은 외부를 주로 지키고 있었어. 땅굴을 잘 판다면 들키지 않고 안으로 들어갈 수 있다."

케이베른의 레어에는 막대한 보물과 보석이 있으니 수송 수단도 마련해야 한다.

"물건을 훔쳐 온다는 개념으로 접근하면 안 돼. 이삿짐센터를 불러서 싹 쓸어 온다는 느낌으로… 맞아, 바로 그런 느낌이야."

이현은 고작 며칠뿐이긴 했지만 이삿짐센터에서 아르바이트를 해 본 적도 있었다.

살림살이를 포장해서 짐을 트럭에 옮겨 싣는데, 업무 분담이 확실하고 무엇보다 빨랐다.

30평대 아파트 한 채를 깨끗하게 비우는 데 걸리는 시간은 길어야 오전 중 몇 시간이다.

"케이베른의 레어에서는 하나씩 포장하지 않아도 되고, 짐을 분류할 필요도 줄어들지. 속도와 물량에 최대한 초점을 맞춰서 몽땅 털자."

빈집 털이, 싹쓸이!

위드는 로열 로드에 접속하자마자 마판에게 귓속말을 보냈다.

-큰 일감이 생겼습니다.

-어떤 일감인데요? 위드 님이 그렇게 말씀하실 정도면 정말 보통 일이 아닐 텐데요.

가르나프 평원에서 전투를 벌일 때도 큰 일감이라는 표현은 쓰지 않았다. 하지만 케이베른의 레어를 터는 일이야말로 그 무엇보다 중대한 일.

-숙련된 인부들이 필요합니다. 마차를 모는 실력이 기가 막혀야 돼요.

　-어느 정도의 실력자를 원하시는지 모르겠네요.

　-대형 마차에 짐을 가득 싣고 가파른 산길에서 빠르게 달릴 수 있어야 합니다. 장애물도 잘 피해야 하고요. 몬스터의 추격을 뿌리치고 도망칠 자신도 있으면 좋습니다.

　-그 정도면 마차 운송 스킬이 중급 이상이어야 하는데, 그런 사람들은 몸값이 비싸요.

　-보수는 상관없습니다. 확실히 믿을 만한 사람이어야 합니다.

　-몇 명이나 필요하신데요?

　-최소 500명.

　-예?

　-인원은 많을수록 좋습니다. 옮겨야 할 보물이 아주 많으니까요.

　-그 정도 인원으로 도대체 뭘 하시려고요?

　데브라도 마을에서의 영상은 아직 방송으로 중계가 되지 않았다. 앞으로 진행할 퀘스트가 사전에 알려질 수도 있는 생중계의 위험성 때문이었다.

　그래서 아직 위드가 무엇을 할지 아는 사람은 없었다.

　-빈집 털이.

　-예?

-케이베른의 레어를 털 겁니다.

박순조가 평소처럼 한국 대학교에 가는 버스를 타고 있을
때 휴대폰이 울렸다.

쿠왈왈왈 쿠왈라. 오크, 오크, 취취췻!

"무슨 소리야?"

"누가 전화 왔나 보네."

로열 로드의 오크 노래가 벨 소리로 나오자 다른 승객들의
관심이 집중되었다.

박순조는 발신자로 뜬 이름, '아르펜 제국 황제 형'이라는
이름을 보고 서둘러 전화를 받았다.

"예, 형. 오랜만이네요."

-어. 잘 있었지?

"잘 지냈어요. 복학은 언제 하세요?"

가상현실학과의 학생들에게는 이미 전설이 되어 있는 이
현!

학교생활도 대단했지만, 아르펜 제국의 황제가 되면서 그
인기는 한국대 전체에 자자했다.

다른 학과의 교수들도 이현을 만나 보고 싶어서 안달이 나
있었다.

─다음에. 근데 부탁할 일이 있다.

"편하게 말씀하세요, 형."

박순조는 착한 성격답게 웬만한 부탁은 다 들어줄 생각이었다.

─통화는 짧게 해야 해. 아무튼 나랑 일 하나 하자.

"어떤 일요?"

─너 직업이 도둑이잖아.

"그렇죠."

도둑 나이드.

박순조가 로열 로드 초창기부터 열심히 키운 캐릭터였고, 다양한 스킬을 익히고 있었다.

대부분의 직업들이 전투 계열에 초점을 맞춰서 도둑이 좀 외면받긴 했지만, 전문 스킬들의 연마도 게을리하지 않았다.

─저번에 보니 실력이 좋더라.

"헤헷, 저랑 도둑질을 하시려고요?"

박순조가 천진난만하게 한 말에 버스 승객들의 시선이 다시 모였다.

─응. 자신 있지?

"훔치는 건 제 전문이죠."

─들킨 적은?

"제대로 들킨 적은 없어요. 중간에 걸릴 것 같아서 먼저 빠져나온 적은 있지만요. 빠르고, 확실하게 훔치니까요."

승객들로부터 의심 섞인 반응이 있긴 했지만 다행히 건너편 자리에 최상준과 민소라가 앉아 있었다.

"이거 로열 로드 이야기입니다. 오해하지 마세요."

"저 친구 직업이 도둑이거든요."

한국 대학교 학생들이 대부분인 승객들은 웃으면서 고개를 돌렸다.

─놀랄 준비하고 들어. 놀라도 되니까. 이번에 훔칠 곳은 케이베른의 레어야.

"케이베른의 레어를 턴다고요!"

박순조는 자신도 모르게 목소리가 높아졌다.

다시 버스 승객들의 시선이 모이기는 했지만 신경 쓸 겨를도 없었다.

다른 사람이 한 말이라면 농담이거나 미친 짓이라 치부하고 웃어넘기겠지만, 상대는 아르펜 제국의 황제이며 베르사 대륙의 영웅!

케이베른의 레어가 아니라, 그 어떤 곳을 턴다고 해도 진짜일 것이다.

─그래. 케이베른의 레어를 홀랑 털어 먹을 거야.

"캬아, 진짜 재밌겠다."

─위험하지만 그래도 같이할 거지?

"물론이죠, 이현 형. 저 꼭 끼워 주세요."

박순조가 내뱉은 말들.

케이베른의 레어도 그렇지만, 이현이라는 이름이 결정적이었다.

위드라는 캐릭터명만큼이나 한국 대학교에서는 모르는 사람이 없는 이름.

버스 승객들은 물론이고, 최상준과 민소라도 눈을 휘둥그렇게 뜨고 있었다.

베르사 대륙 최고의 건축가는 미블로스를 꼽긴 하지만, 영향력만큼은 파보를 따라가지 못했다.

일찌감치 모라타에 정착해서 북부의 위대한 건축물들을 지으며 명성을 날린 건축가!

파보는 소므렌 자유도시의 복구 작업에 참여하고 있었다.

"그쪽의 자재들은 안전하게 옮겨 주세요. 그리고 상업지역부터 먼저 복구하는 것이 좋겠습니다. 유저들이 머무를 집은 나중에 짓더라도 편리하게 생활하는 것이 우선이지요."

건축 지휘관으로 임명된 파보!

그는 도시의 잔해를 치우는 것과 동시에 건설 작업을 진행하고 있었다.

"유저들이 그래도 남아 있으니… 완전히 폐허로 변했더라도 복구하는 데 시간이 그렇게 오래 걸리진 않겠어."

소므렌 자유도시 인근의 생산 시설들이 그대로 남아 있는 덕도 대단히 컸다.

-파보 아저씨, 바쁘십니까?

-아니, 위드야. 무슨 일인데?

파보는 날아온 귓말에 평소처럼 대답했을 뿐이었다.

"헛!"

"흑!"

"우와왁!"

그 주변의 유저들이 오히려 더 난리가 났다.

-저와 같이해 주셔야 할 중요한 일이 있습니다.

위드는 필요한 사람들에게 직접 연락을 돌렸다.

처음에는 마판 상단에서 운송 수단을 마련하고 믿을 만한 몇 명의 동료들을 바탕으로 일을 하려고 했지만 생각이 바뀌었다.

"광산이 꽤 깊단 말이야. 그리고 레어에 보물도 많고……."

산더미처럼 쌓여 있을 보물.

광산을 통해서 빼 오자면 상당한 시간을 필요로 했다.

드워프 광산이라 내부가 넓지 않기 때문에 운송용 대형 마차가 안으로 들어갈 수 없다는 점도 극복해야 할 문제!

"케이베른이 돌아오기 전에 일을 마치려면 아무래도 노동력을 더 투입해야겠어."

위드는 빈집 털이에 참여할 인원의 규모를 더 키우기로 했다.

"보물을 남겨 놓을 수는 없지. 암, 그렇고말고."

희생의 화로로 시작된 퀘스트이긴 했지만 이미 주객이 전도된 상황!

-칼리스 님, 흑사자 길드에서 드워프를 30명 동원해 주셔야 되겠습니다. 최고의 실력자들로만요.

-무슨 일인지 여쭤 봐도 되겠습니까?

-케이베른과 관련이 있습니다. 위험할 수도 있으니… 그 점은 감안해 주시고요.

-믿을 수 있는 유저들로 구해 놓겠습니다.

각 세력들은 무슨 일인지도 모르면서 협조 의사를 밝혔다.

가르나프 평원의 전투에서 이긴 이후에 위드의 인기와 영향력은 절대적이었다.

더군다나 케이베른 퇴치는 대영주들의 입장에서도 중요했다.

브리튼 연합의 발전도가 워낙 높았고, 그들의 터전은 그동안 쇠퇴를 거듭했었다. 하지만 툴렌이나 아이데른 지역도 조만간 표적이 되고 말 것이다.

블랙 드래곤이 나타나서 도시를 파괴하면 그들에게도 큰

타격이니 기꺼이 인원을 파견하기로 했다.

단 하루!

위드의 연락에 의해 데브라도 마을에는 800명의 드워프 유저들이 모였다.

"이런 깊은 곳에 마을이 있었군."

"작고 소박한 곳이야. 나무가 울창해서 먼 곳에서는 보이지도 않고. 그래도 케이베른의 레어와 가까운 장소라니 살이 떨리는걸."

"전투를 하려는 건가? 요즘 칼 만드느라 전투는 거의 못 했는데."

베르사 대륙에서 실력이 검증된 최고의 드워프들이 마을의 입구에 서 있었다.

흑사자나 로암 등의 길드 소속도 있었고, 일반 유저로서 활약상이 뛰어난 자들도 골고루 포함되었다.

베르사 대륙에서 드워프들은 헤르메스 길드를 제외하면 대부분 아르펜 제국 소속이었다.

"이럴 때 맥주를 마셔 주는 것이 드워프로 살아가는 묘미지."

"근데 무슨 퀘스트야? 우리만 모인 걸 보면, 드워프 종족 퀘스트?"

"위드 님이 이래저래 바쁜데… 드워프 종족 퀘스트까지 할까?"

드워프들은 작은 목소리로 이야기를 나누며 위드가 지시를 내리기만을 기다렸다.

드워프들 중에는 오베론이나 크루터 같은, 베르사 대륙에서 최고 수준의 반열에 오른 유명한 유저들도 있었다.

위드도 차마 그들까지 요청하지 않았지만 드워프들을 모은다는 이야기를 듣고 자진해서 찾아온 것이었다.

"흠흠, 여러분. 이곳으로 오는 동안 케이베른에게 들키진 않았겠죠?"

"당연히 조심했습니다."

드워프들은 케이베른의 영역 근처에서도 무사히 돌아다닐 수 있었지만 가능한 조용히 모여 달라고 요청을 했었다.

드워프들은 3~4명씩 흩어져서 이동했으며, 그것도 낮과 밤으로 나누어 정해진 시간까지 이 마을에 도착했다.

"근데 우리가 무슨 일을 해야 합니까?"

오베론이 궁금하다는 듯이 물어 왔다.

이유도, 목적도 모른 채로 집결한 유저들!

도둑 나이드에게는 사전에 준비가 필요하기에 약간의 설명을 했지만, 다른 이들은 그냥 전부 불러 모았다.

"저를 따라오세요. 조용히요."

위드의 뒤를 800명의 드워프들이 발소리까지 죽여 가면서 재빨리 따라갔다.

모두 레벨 높은 유저들로만 구성했기에 분위기가 진지했다.

위드가 먼저 광산으로 들어가자, 몇몇 드워프들이 알겠다는 듯이 고개를 끄덕였다.

"광산을 뚫으려고 하는 거구나."

"금덩어리들이 보이는데… 금광?"

"광부 일을 할 줄 알았으면 집에서 곡괭이 가져오는 건데."

드워프들은 솔직히 자신들의 실력에 비해서는 하찮은 일이라고 생각했다.

위드가 시키면 하긴 할 테지만, 이런 일들은 레벨이 낮은 드워프들에게 맞는 업무라고 생각했다.

위드는 그들을 깊은 광산의 막다른 곳까지 데려가서 말했다.

"이제 우린 케이베른의 레어를 털 겁니다."

순간 드워프 유저들은 침묵했다.

머릿속이 새하얗게 변해 버리는 것 같았다.

베르사 대륙을 황폐화시키고 있는 블랙 드래곤 케이베른!

무려 드래곤의 레어를 턴다는 계획은, 언뜻 듣기에 너무나 무모했다.

그 말을 꺼낸 사람이 위드가 아니었다면 미친 소리 말라고

욕이라도 했으리라.

'진짜 되나?'

'되는 거야?'

방송으로 위드의 모험을 한 번도 본 적 없는 유저는 단 1명도 없었다.

헤르메스 길드 유저들이라도 재밌게 생방송을 보고, 재방송까지 다섯 번씩은 봤다는 위드의 모험들.

'내가… 그 모험에 합류하는 건가.'

'광부 일이나 시키는 줄 알았는데. 아르펜 제국에 속하고 나니 이런 대박이 터질 줄이야.'

위드의 인기와 영향력은 이 자리에 모인 드워프들을 강력하게 장악하고 있었다.

"이제부터 여기 계신 분들에게 구체적인 계획을 알려 드리겠습니다."

드워프 마을의 존재 의미와, 광산이 케이베른의 레어로 향하고 있다는 점을 설명했다.

"깊이로 봐서 이미 레어 근처입니다. 정확한 위치는 좀 더 알아봐야 되겠지만, 채광 스킬들은 기본적으로 있으실 테니 열심히 파낸다면 닷새면 충분히 레어 내부로 들어갈 수 있을 겁니다."

드워프 유저들은 흥분으로 인해 짜릿함을 느꼈다. 설명을 들을수록 희망이 보였다.

"오오오."

"땅을 파서 들어가는 방식이라면 충분히 가능성이 있겠는데?"

진짜 케이베른의 레어에 쌓여 있는 보물을 털 수 있다는 기대감이 흐르고 있었다.

성공한다면 말 그대로 초대박이 터지는 것이다.

오베론이 신중하게 물었다.

"레어까지는 들어간다고 해도 정작 케이베른은 어떻게 처리합니까? 우리 중에서 만약 미끼 역할이 필요하다면 제가 선두에 서겠습니다."

책임감이 강하고 리더십이 뛰어난 오베론다운 말이었다.

케이베른과의 정면 승부는 승산이 없으니, 기꺼이 죽음을 감수하고 미끼라도 되겠다는 발언.

"역시 오베론 님이네."

"명성 그대로 사시는 멋진 사람이야."

"이 장면도 방송으로 나가면 인기가 굉장히 오르겠다."

드워프들은 진심으로 감동했고, 위드는 반대로 생각했다.

'남들을 위해서 먼저 나서서 희생하다니⋯ 저런 사람이 착하게 산다면서 정작 처자식들은 고생시키지!'

친구, 동료, 혹은 정의감에 몸을 바치거나 하면, 자기 자신과 함께 식구들 고생시키기 딱 좋은 세상!

위드는 처음부터 미끼가 필요한 작전은 좋지 않다고 생각했다. 꼭 필요하다면 성공했을 때의 대가를 고려해서 시도할 수 있지만, 시작부터 그런 계획을 세우면 결과도 위험하다.

'미끼로 나선 유저들이 금방 죽을 수도 있고, 오히려 변수만 늘어나지.'

위드는 그 부분의 계획을 따로 준비해 놓고 있었다.

"우리가 레어를 털 때는 케이베른이 도시를 파괴하기 위해 떠난 순간입니다. 이른바 빈집 털이를 하는 거죠!"

빈집 털이!

데브라도 마을에 모인 드워프 유저들은 온몸에 전율이 오는 것만 같았다. 평생 살면서 이보다 더 멋진 단어는 들어 본 적이 없었다.

"으와아⋯⋯."

"소름 돋아. 끝내준다."

"빈집이네, 빈집이야."

"맞아. 평소라면 불가능하지만, 케이베른이 떠났을 때는 레어가 비잖아."

각자 도둑질과 거리가 먼 삶을 살아왔음에도 불구하고, 이 상황에서의 빈집 털이란 도대체 얼마나 굉장한 매력을 가진 단어란 말인가.

빈집의 강렬한 유혹!

"케이베른이 파괴할 도시가 결정되면 그때부터 작전 개시입니다. 먼저 건축가분들이 고생을 해 주셔야 됩니다."

위드는 파보를 포함한 북부의 건축가들에게 도움을 요청했음을 알렸다.

"그분들이 최대한 시간을 끌어 줄 겁니다."

드워프 중에서 누군가 손을 들고 물었다.

"어떤 방식으로요?"

이미 모든 드워프들이 위드의 말에 집중하고 있는 상태! 가볍게 내뱉은 말 한마디조차도 평생 잊지 못할 것 같았다.

이런 집중력으로 공부를 한다면 어떤 시험이라도 여유롭게 통과할 수 있으리라.

위드는 악당처럼 음흉하게 웃으며 말했다.

"파괴가 예정된 도시에 건물들을 마구 지어 놔서 시간이 오래 걸리도록 하는 것이죠. 숙련된 건축가가 필요하지도 않습니다. 부실 공사를 하면 되니 말입니다."

"그런 방법이……!"

"빈집 털이, 부실 공사. 무슨 계획이 글자 하나하나마다 이해가 잘되고 초대박이네."

이 자리에 모인 드워프 유저들은 순수하게 감탄했다.

'저 적절하고 융통성 있는 계획 보소! 위드가 괜히 황제가 아니구나.'

'진작 위드와 친해질걸. 내 인생에서 가장 큰 아쉬움은 진작 위드와 동료가 되지 못했던 거야.'

'회사에 휴가 내고 부름에 응하기를 잘했다. 로열 로드에

서는 위드만 따라다니면 돼.'

'비관적인 내 전망으로 볼 때, 이건 말처럼 쉽진 않을 것 같아. 그래도 시청률은 높겠다. 난 인기를 얻고 광고를 찍을 수 있겠지.'

'이번 일로 눈에 잘 띄어서 앞으로도 위드 옆에만 붙어 있자. 그럼 무조건 대박 난다!'

저마다 생각은 다 달랐지만 드워프 유저들은 모두 환희에 벅차 있었다.

지금 인기의 절정을 달리는 위드와 함께하는 것만으로도 좋은 기회였다. 게다가 계획을 듣고 보면 충분히 납득도 갔다.

평소에 드래곤의 레어를 턴다는 것은 감히 있을 수도 없는 계획이었다. 반경 몇 킬로미터 근처는 접근 금지 지역으로 여겨지기에 다가갈 생각조차 하지 못했다.

그런데 케이베른이 도시를 파괴하는 것을 이용하여 땅굴을 파고 들어가서 빈집을 털어 낸다!

북부의 건축가들이 자재를 빼먹으며 실컷 지어 놓은 부실 공사 건물들을 부수느라 케이베른은 일찍 돌아오지도 못하게 될 것이다.

꼼꼼하게 도시 전부를 폐허로 만드는 케이베른의 성격까지 고려한 계획.

'어째서인지 이건 빠질 수가 없다.'

'실패할 가능성이 높다고 해도 해야 돼. 무조건 해야 돼!'

'보물을 털자. 몽땅 털자.'

위드는 드워프 유저들의 흥분으로 붉게 달아오른 얼굴을 보며 확신했다.

'사람들은 다 똑같아. 나쁜 짓 꾸미는 순간만큼 화합이 잘 될 때가 없지!'

위드의 케이베른 레어 빈집 털이 계획!

드워프들을 통해 소식이 알려지면서 인터넷이 들끓었다.

-세상에, 드래곤 레어를 대상으로 빈집 털이를? 도대체 무슨 짓을 하려는 거냐!

-클래스는 영원하다… 요즘 모험 시시하다 싶었는데, 크으. 상상으로만 하던 일을 실행으로 옮기는구나.

-솔직히 난 생각 못 했음.

-방송 예고 보니 최정예 드워프들이 빈집을 털자는 위드의 말에 환호하고 있음. 개웃김.

-저기에 뽑힌 유저들 되게 재밌겠다. 긴장도 되고. 드래곤의 레어에 들어가 볼 기회가 흔한 건 아니잖음.

-재미만 있을까요? 성공만 한다면, 전설급 아이템들을 수레로 실어 나를 수 있을 텐데.

―아르펜 제국의 황소들이 대거 이동하고 있답니다. 아마도 짐마차를 몰기 위해서 동원되는 듯.

빈집 털이는 퀘스트라기보다는 위드가 만들어 낸 사상 초유의 이벤트로 여겨지고 있었다.

―이건 보나 마나 100% 실패한다. 멍청하기는. 드래곤의 레어를 빈집 털이 하러 간다고? 산더미 같은 마법 함정에, 몬스터도 분명히 지키고 있을 것임.

―레어에 들어간다. 드래곤과 눈이 마주친다. 후아악. 개죽음.

―질투심에 눈이 먼 분들. 빈집 털이니까 드래곤은 자리에 없음. 그게 핵심임.

―도둑질의 묘미는 들키느냐 마느냐의 아슬아슬한 긴장감에 있는 건데 과연?

―레어의 보물이라⋯ 위드가 들어가서 구경만이라도 시켜 주면 눈이 호강하겠네.

―꼭 실패하리라고 볼 순 없죠. 그리고 뻔한 문제들인데 생각을 못 하고 있을까요?

―위드는 성공할 겁니다. 우리가 말로 떠들 필요가 없어요. 지금까지 쭉 그래 왔잖아요? 기적을 매번 현실로 만들었으니 기다려 봅시다.

―드래곤에게 발각돼서 쫓기면 개꿀잼.

방송국들이 진행한 긴급 설문 조사에서도 성공을 점치는 시청자는 62%에 그쳤다.

　아무리 위드라지만, 그동안 드래곤의 레어는 원래 10대 금역 이상의 악명을 떨치고 있었기 때문이다.


　-개인적으로 난이도가 너무 높음. 퀘스트가 S급이라던데… 그만큼 위험하단 의미지.

　-S급이라도 다 같은 S급이 아님. 드래곤이 끼어 있는 이상 SSSSSSS 난이도로 봐야 함.

　-과거에 아우솔레토를 사냥하긴 했지만… 전직 드래곤. 케이베른, 무려 현직임.

　-지금까지 많은 유저들에 의해 검증된 바에 따르면 난이도는 기준이 될 뿐이고, 어떻게 진행하느냐에 따라 실제로는 많이 달라져요.

　-계획이 중요함. 운빨도 따라야 되고.

　-난이도요? 직업 최후의 비기를 얻은 위드는 이미 인간이 아님.

　-위드가 최후의 비기 얻는 모험 할 때, 유니콘 본사 빌딩에 불다 켜져 있었음. 홍보부 직원들은 다음 날 방송 인터뷰에서 말도 안 되는 모험을 성공시켰다고 어이없어했죠.

　-난 솔직히 위드가 모험할 때마다 상식적으로 그냥 실패할 줄 알았다. 더 이상 예상을 포기했음. 이젠 위드가 위드하면 됨.

　-위드가 위드한 퀘스트를 받아서, 위드한 계획을 세워서 위드하

게 진행하면 위드가 되는 거죠.

　-로열 로드에서는 진짜 위드하게 살고 싶다. 엄청 위드하겠지만.

　-맨날 사냥터에서 위드해야 됩니다. 놀 때가 없다고도 하죠.

　-백과사전 찾아보세요. 노가다라는 단어에 위드가 정식 등록되어 있음. 노가다 : 막일. 로열 로드에서의 의미로는 스킬이나 레벨을 시간과 노력을 들여서 올리는 것을 뜻함. 이 분야의 신, 위드.


　방송국들은 생중계를 결정하고 거사가 진행되기만을 기다리고 있었고, 참여하기로 한 드워프 유저들의 소개도 이루어졌다.

　나이드는 특별히 인간이면서도 도둑으로 참여했고, 북부의 건축가 조합에서도 인터뷰를 했다.


　-핫핫, 우리 건축가들은 이미 준비를 마쳤습니다.

　-어느 도시에서 작업을 시작해야 할지 모르는데, 자재는 어떻게 운반하실 계획인가요?

　-대충 할 겁니다.

　-대충요?

　-건설은 원래 대충 하면 가장 빠릅니다! 근처 아무 곳에서나 구하죠, 뭐. 대지의 궁전을 지을 때는 시간이 굉장히 오래 걸렸지만… 부실 날림 공사를 했으면 한 달도 안 걸렸을 겁니다.

　-몇 분이나 준비를 하고 계세요?

-삽자루만 들면 누구나 건축가죠. 벽돌을 쌓을 줄만 알아도 됩니다. 아, 이번엔 벽돌은 쌓지 않아도 되겠군요.

건축가들은 느긋하게 기다리고 있었다.

막상 작업에 착수하면 굉장히 열심히 할 테지만, 지금은 한껏 여유를 부릴 단계.

-위드 님, 바빠서 깜박 잊고 연락 못 하신 것 같은데 저는 준비되었습니다.

-우릴 빼놓고 가실 생각은 아니죠?

-당장이라도 가지. 어디로 가면 되나?

-크흠, 큼큼, 흠, 심심해서 연락해 봤습니다.

페일, 수르카, 파이톤, 양념게장까지, 위드와 친분이 있는 동료들은 당연히 빈집 털이의 참석 의사를 밝혔다.

드래곤에게 죽는 위험이 있더라도 그들은 의리로 참여할 생각이 있었고, 대박이라도 난다면 횡재가 아닌가.

'사람인 이상 누구든 실패할 수도 있지. 근데 위드 님은 보통 사람이 아냐. 정말 처참하게 실패하더라도 몇 개는 챙길걸.'

'위드 님의 언어를 이해해야지. '좀 힘들다'는 그냥 할 만하다, '어렵다'는 상황이 썩 나쁘지 않다, '불가능에 가깝다'는 고생하면 될 것 같다.'

케이베른의 레어행을 원하는 것은 동료들만이 아니라 베

르사 대륙의 최정상에 있는 유저들은 다들 마찬가지였다.

레벨이 높아질수록 장비발이 심해지게 된다.

몇 가지 희귀한 옵션에 따라 스킬과 스탯의 위력이 높아지고, 사냥 속도가 달라진다.

―위드 님, 커허험! 이번에 케이베른의 레어를…….

그렇게 당했던 뮬에게서도 직접 연락이 왔다.

애초에 위드는 그렇게까지 많은 이들의 참여를 생각하진 않고 있었다.

'운송 팀과 드워프들을 제외하면 소수 정예로. 도둑은 전투력이 뛰어나지 않아도 돼.'

도둑은 레벨을 올리기 힘든 직업이다. 직업 스킬 중에서 전투와 관련된 기술이 드물기 때문이다.

그렇지만 달릴 때도 소리가 나지 않거나 흔적을 남기지 않는 등의 기술은 도둑질에 확실한 강점을 지닌다.

'드래곤의 레어가 일반적인 주택은 아니지만 함정, 특히 마법 함정이 문제인데, 유감스럽게도 그건 깰 수가 없겠지.'

마법사 유저의 참여를 생각하지 않은 것도 같은 이유 때문이었다. 설혹 마법 함정을 발견한다고 해도 그걸 해제할 능력이 없으니까.

로열 로드에 수많은 마법사들이 있다지만 공격이나 방어 마법도 아닌, 마법 함정 해제를 마스터 근처까지 올리는 변태는 없기 때문이다.

-하루나 님.

-넵, 위드 님.

-이쪽으로 오세요.

-정말요? 영광이에요!

마법 함정이 걱정이 되긴 했기 때문에 지난번에 도움도 받았으니 엘프 하루나를 불러들였다.

도둑 나이드와 함께 최대한 함정을 발견해 내는 것이 최선이었다.

잘못해서 마법이 폭발하기라도 하면 큰일. 그래도 완벽한 대비는 불가능했다.

'시간 싸움이 될 거야. 케이베른이 돌아오기 전까지 치고 빠진다. 은밀하고 신속하게. 하지만 마법 함정이 발동되고 레어를 지키는 용아병들에게 걸린다면… 이판사판이 되겠지.'

위드는 생각을 바꿔서, 참여 의사를 밝힌 전투 계열의 유저들도 대거 준비시키기로 했다.

만약의 상황에서는 드래곤만 없다면 용아병이나 몬스터를 몽땅 사냥하고 털 작정이었다.

# 드래곤의 보물

위드는 방송국들의 협조를 얻어 모든 유저들에게 알렸다.

로르의 드워프 유저 여러분께

우린 케이베른의 레어에 대해 빈집 털이를 예정하고 있습니다. 일의 성공 유무를 떠나서 어쩌면 토르 지역에 큰 피해를 줄수도 있을 것 같습니다.

이번 퀘스트는 어디까지나 케이베른을 물리치기 위한 과정에서 얻게 된, 드워프 종족 퀘스트입니다. 그렇기에 드워프들을 위해서도 해결하는 것이 마땅하지만, 그 과정에서 부수적인 피해가 예상됩니다.

케이베른의 레어와 가까운 곳에 사시는 드워프들은 가급적

피난을 권고합니다.

아르펜 제국으로 오시면 편안히 머무를 수 있는 34평형대 통나무집과 대장간을 무료로 제공해 드리며, 맥주도 공짜로 제공하겠습니다.


위드의 공지가 있고 나서 로열 로드의 분위기는 달아올랐다.

"설마 했는데 진짜 하네."

"크, 최고다."

"가서 장비 하나만 건지면 완전 초대박 되는 건데."

실력자들은 너 나 할 것 없이 참여하고 싶어 했고, 1%의 가능성만 있더라도 덤벼들 기세였다.

목숨을 걸 만한 가치가 있는 일이지 않은가.

"정말 하는 건가?"

"위드가 진행하는 일이니 하겠지. 아, 나도 가고 싶다."

드워프 유저들은 반신반의하면서도 아르펜 제국으로의 이주를 선택했는데, 고향에 대한 그리움을 잊을 정도의 혜택 덕분이었다.

대륙 전역에서 철광석이나 전리품으로 얻어지는 금속들이 아르펜 제국으로 모여들고 있다.

막대한 투자로 대도시의 시장이 활기를 띠면서, 드워프들은 이주를 택했다.

드래곤의 복수

악룡 케이베른은 인간들의 문명을 파괴하기 위해 움직이고 있다.
정령과 요정이 다시 경고하고 있다.
"일주일 후에 케이베른이 바웰 성으로 향하게 될 거예요."

케이베른이 하벤 지역의 욱튼 성을 파괴하고 말았다.

다음 목표는 바웰 성.

노튼 지역 서쪽의 항구도시로, 초창기에는 강력한 해군을
보유하고 있었다.

그 이후에 반복되는 전쟁과 몬스터들의 습격으로 황폐화
되어서 복구되지 못했다.

그럼에도 거대한 무역도시의 흔적으로 많은 인구가 살아
가고 건물도 많았다.

"바웰 성이라… 토르 지역에서 멀기도 하고 영토가 넓어서
조건이 좋네요. 작전 개시입니다."

위드의 연락을 받은 건축가들은 그 즉시 텔레포트 게이트
를 타고 바웰로 향했다.

북부와 중앙 대륙의 실력 있는 건축가들이 10분마다 100
여 명씩 도착했다.

"이런 멋진 항구도시가 사라진다고 하니 너무 아쉬운걸."

"거리를 돌아보는 것만으로도 예술이 올랐어. 건축 관련
스킬들도 향상되었고."

"정말. 진작 이 도시에 와 봤다면 좋았을 뻔했는데."

에메랄드빛 바다를 끼고 있는 아름다운 항구와, 언덕을 따라 지어진 멋진 건물들이 있는 도시.

해상무역의 발달로 도시의 중심가에는 높고 큰 상업 건물들이 늘어서 있고, 바닷가에는 웅장한 조선소들이 형성되어 있었다.

대륙의 남서쪽에 있어서 유저들의 관심에서 떨어져 있었지만, 평화로운 시대에는 발전 가능성이 높은 도시였다.

날림, 부실 공사를 단단히 마음먹고 온 건축가들이 도시를 둘러보고는 모였다.

"다 좋은데 건축자재가 부족할 것 같은데. 숲이 너무 작아서 나무를 베어도 많이 지을 수가 없어."

"성이나 도시 안의 건물들을 부숴서 쓰자고. 모래를 구워서 활용해도 되고."

"내구성이 약하지 않나?"

"며칠만 버티면 되잖아."

"흠, 도시의 역사적인 건물들을 부수기에는 아까운데……."

"우리 손으로 부수나 드래곤에게 부서지나, 결과는 마찬가지지."

"그렇게 보면 슬프지만 일리가 있는 말이네. 작업을 시작하자고."

건축가들은 도시 안에 있는 건물들의 자재를 빼내기 시작했다.

대형 건축물들은 드래곤에게 밟히거나 마법 공격에 간단히 붕괴되니 남겨 두더라도 의미가 없었다.

건축가들은 파괴 위험이 높은 건물들은 철저히 해체해서 건축자재로 확보했고, 성벽과 도로, 다리까지도 걷어 냈다.

처음에는 정사각형으로 대충 형태를 갖춘 건물들을 만들어 냈지만 곧 그럴 필요가 없다는 의견이 나왔다.

"비바람을 막지 않아도 되고, 단열도 중요치 않잖아."

"맞네. 주거 공간도 필요가 없어."

사람이 살지도 않을 빈집을 만드는 일!

건축가들은 생각보다도 더 부실, 날림 공사를 해도 된다는 판단을 내렸다.

"지붕이 뾰족한 집을 만들어 볼까. 아무짝에도 쓸모가 없을 것 같긴 하지만."

"나쁘지 않은 시공법이야. 어떻게든 짓기만 하면 그다음은 생각하지 않아도 되잖아."

"기둥 하나짜리 집이라도 며칠은 버틸 수 있을 거야. 벽도 거의 없어도 되지 않을까."

"자재를 아낄 수 있는 방법이군."

"최대한 가볍게. 무겁고 단단한 자재들은 옮길 시간도 아까우니 남겨 둬."

"드래곤에게 보여 주기만 하면 되니 간단한 잡동사니들을 채우는 것도 방법이야. 말린 풀이나 채워 넣고, 지붕은 얇은 나무로 슬쩍 씌우자."

빠르게 발전하는 부실시공 건축 공법!

건축가들은 상식에서 한참 벗어난 집들을 만들었다.

풀이나 흙으로 지지대를 세우고 얇은 나무판자로 지붕을 씌웠다.

비가 펑펑 새도 아무 문제 없고, 천장이 삐뚤어져 있어도 완공!

"설계를 왜 해? 그거 신경 쓸 시간에 열 채는 더 짓겠다."

"나무가 없네. 가져오기 귀찮아. 없으면 없는 대로 해."

부실 공사를 넘어서서 점점 건물들을 대충 지어 간다.

건축가 100명이 뚝딱뚝딱 작업을 하면 마을 하나가 순식간에 만들어진다.

"여기가 나 바죠가 지은 마을이다. 바죠의 마을에 오신 여러분을 환영합니다!"

알록달록한 색상을 띤 300채의 건물로 이루어진 이 마을의 이름은 건축가 바죠의 이름을 따서 지었다.

주민이 살지 않는 유령 마을이긴 했지만, 그래도 바웰 성의 한쪽 구석에 건축가의 이름을 딴 마을이 생겨난 것이다.

그러자 건축가들은 묘한 감정에 사로잡혀서 경쟁이 불타올랐다.

"내 마을도 만들어야지."

"설계를 시험해 볼 좋은 기회로군."

밤샘 작업이 즉시 이루어졌다.

자잘한 하자는 따지자면 끝도 없다.

기둥이 기울어지고 벽의 일부가 무너진 정도는 그냥 내버려 두었다.

어마어마한 속도전으로 주민들이 살지 않는 유령 마을이 속출했다.

이 광경은 방송국들에 의해 대대적으로 중계도 이루어졌다.

—저 건물을 보십시오. 이틀 전에 지어진 것인데요. 기둥에는 석재를 썼죠. 색과 무늬로 봐서 바웰 성의 성문 근처에서 빼 온 재료 같습니다.

—기둥을 세우고 목판을 대충 씌운 것이지요. 하지만 지금 이 근방에서는 최고의 고급 주택입니다.

—뒤쪽으로 갈수록 집들이 더 놀랍네요. 종이로 지은 집도 있습니다. 세상에… 믿기십니까? 저 집은 정말 종이 집입니다.

—사람이 뚫고 지나간 흔적이 보이네요!

—경사진 언덕을 건축가들이 좋아하는 것 같습니다. 처음에는 평지 위주로 확장 전략을 썼는데, 이게 맞는 표현인지 모르겠지만 언덕 지형에는 대충 경사에 맞춰서 걸쳐 놓는 느낌으로 짓고 있습니다.

—건축가 엘르마를 보십시오. 칼라모르 지역에서 유명한 유저인데요. 지푸라기로 집을 지었습니다. 인터뷰에서는 재료로 쓰기 편해서,

대충 방향에 맞춰서 던지기만 하면 집이 지어진다고 말했습니다.

–지푸라기를 토끼가 뜯어 먹고 있습니다. 무너진 집들이 보이는데… 그런 것들 수리할 시간에 다섯 채를 더 짓겠다는 전략이랍니다.


방송을 보는 시청자들은 시시각각 달라지는 바엘 성의 도시환경을 확인할 수 있었다.

처음에는 성벽 부근에 빈민촌이 생겨나는 느낌이었다면, 순식간에 평야까지 건물의 확장이 이루어졌다.

도로는 깔려 있지도 않았으며, 구획정리도 당연히 이루어지지 않았다.

인근의 흙과 바위, 나무를 이용하여 대충 지은 집들은 건설 현장의 새로운 모습을 보여 주고 있었다.

–구조물의 내구 한계를 초월한 건물을 완공하셨습니다.
　건축 스킬의 숙련도가 증가하셨습니다.

작업에 참여한 건축가들도 깜짝 놀랐다. 대형 건축물을 지을 때보다도 숙련도가 훨씬 빠르게 향상되고 있었다.

"이게 뭐라고 스킬이 오르냐?"

"이상한 짓을 해도 건축 스킬이 늘어나는구나. 맨날 튼튼하게 잘 지으려고만 했는데."

"제대로 된 건물 하나보다는 부실 공사 10개가 나은 건가. 뭔가 좀 아닌 것 같으면서도 일리가 있네."

"아마도 이런 건물들을 짓는 건 우리도 처음이라서 그렇겠지."

건축가들은 많은 집을 지어 보면서 구조와 평면에 대해 자유로운 시도를 해 보게 되었고, 한정된 재료의 틀에서도 벗어나고 있었다.

◊

라페이는 헤르메스 길드가 중앙 대륙을 통치하던 시절에 비해 훨씬 적은 일을 했다.

하벤 지역을 관리하면 될 뿐이고, 그나마도 많은 유저들이 떠나서 도시들이 갈수록 한적해졌다.

"발전도가 낮아지니 앞으로는 케이베른에게 공격받을 일이 줄어들겠어."

라페이는 쓴웃음을 지었다.

블랙 드래곤 케이베른을 활동시킨 이후에 아렌 성을 포함하여 하벤 지역이 공격 대상이 되었다.

헤르메스 길드의 강력한 전력으로 몬스터들은 무리 없이 격퇴했지만, 유저들이 빠져나가고 있었다.

지역 전체가 쇠퇴하면서 경제력과 인구, 기술 발전도 등이 함께 하락해 간다.

하벤 지역은 더 이상 중앙 대륙에서 압도적인 발전도를 자랑하지 못했다.

라페이는 남는 시간 동안에는 로열 로드와 관련된 방송을 봤다.

"케이베른의 레어를 터는 계획이라. 이건 상당히 위험한 계획인데. 헤르메스 길드에서도 시도하지 않을 무모한…….위드니까 가능한 일이겠지."

어느 방송을 틀어도 위드를 찬양하는 내용으로 진행되고 있었다.

한때는 헤르메스 길드도 방송국에 대단한 영향력을 끼쳤지만 지금은 관심 가져 주는 이들이 거의 없다.

하벤 지역에 대한 프로그램도 별로 없고, 어쩌다 헤르메스 길드가 거론되더라도 나쁜 내용만 나온다.

출연자들에 의해, 아르펜 제국이 천국이라면 옛 하벤 제국은 지옥에 가까운 수준으로 묘사되고 있었다.

"솔직히 그 정도까진 아니었던 것 같은데."

라페이는 방송을 보며 드워프 마을이나 위드의 계획에 대해서 파악했다.

"성공의 환상에 빠져 있지만 기본적으로 위험해. 더군다나 일을 망칠 정도의 방해꾼이 있다면……."

방해를 하고 싶긴 했지만, 솔직히 성공하지 못할 거라 생각되었다.

헤르메스 길드의 전력이 멀쩡할 때에도 위드를 암살하려

는 시도는 번번이 실패했다.

"단순히 퀘스트를 망치는 정도라면 되지 않을까?"

라페이는 마땅한 사람을 떠올리다가 칼쿠스를 불렀다. 그는 가르나프 평원 전투에서 패배하고 나서 위드를 증오하고 있었다.

"토르로 가서 이번 일을 방해해 주십시오."

"위드를 죽이는 일입니까?"

"그러면 더할 나위 없이 좋겠죠. 하지만 큰 소란만 일으켜도 결국 위드는 케이베른에 의해 죽게 될 겁니다."

드워프 마을에서 대규모 마법 몇 개 정도만 터트리더라도 케이베른의 영역 근처에서 벌어지는 일이라 드래곤이 나타날 가능성이 높다.

칼쿠스가 어떤 계획인지를 이해하고는 웃었다.

"위드가 꾸민 일이 처참하게 실패하겠군요."

"칼쿠스 님이나 함께 가는 길드원들도 위험할 겁니다. 살아서 돌아오긴 거의 불가능하겠죠."

"그런 위험은 감당하겠습니다. 어떤 대가를 치르더라도 위드 그놈만 처참하게 망가뜨릴 수 있다면 말입니다."

칼쿠스는 위험하지만 쉬운 임무라고 생각하고 결사대를

조직했다.

"위드를 공격하기만 하면 된다. 공격이 성공하지 않아도 좋아. 나머지는 드래곤이 알아서 해 줄 거야."

헤르메스 길드에서도 강한 무력을 가진 유저들로 700명을 구성해서 텔레포트 게이트에 올랐다.

"목표물이 있는 데브라도 마을에서 가장 가까운 장소로."

옷차림도 간단한 여행복 정도로 바꿔 입고 텔레포트 게이트를 작동시켰다.

환한 빛이 그들을 감싸고 차례차례 목적지에 도착!

토르의 드워프 마을 렝산에 와서 그들이 본 것은 무기를 뽑아 들고 있는 대규모 유저들이었다.

헤르메스 길드 소속이었다가 변절한 뮬이나 파이톤처럼 유명한 유저들이 대거 눈에 띄었다.

"와… 위드 님이 쟤들이 올지도 모른다고 했는데 정말 왔네."

"소름. 점쟁이 아닌가?"

"헤르메스 길드는 부지런하니 나흘 정도 전에 올 거라고 했는데 날짜까지 맞췄어요!"

"마법사 몇 명은 꼭 끼어 있을 거라고도 했죠. 인원 구성까지 콕 짚었네요."

아르펜 제국에 속한 유저들이 웃으며 스킬들을 준비했다.

"어떻게 이럴 수가……."

칼쿠스와 헤르메스 길드원들은 이를 악물고 전투를 준비했지만, 압도적인 전력 차가 이미 눈으로 훤히 보이는 지경이었다. 여기까지 온 보람도 없이 목숨을 잃고 아이템까지 빼앗길지도 모를 상황이었다.

"역시 왔단 말이지. 안 오면 괜히 찝찝할 뻔했는데 다행이군."

위드는 칼쿠스와 헤르메스 길드원들이 토르 지역을 찾아왔다는 소식을 듣고 안심했다.

'단순하게 방해나 하려고 했다니, 역시 순박한 놈들이야.'

헤르메스 길드도 돌아보면 허술한 면이 많은 악당이었다.

자신들이 나쁘고 힘이 있다고 생각하지만, 진정한 악당들은 세상에 드러나지도 않는다.

온갖 나쁜 짓을 하면서도 시민들의 존경을 받고, 권력을 손에 쥐고 휘두른다.

'과학이나 수학만 연구를 하는 게 아니지. 나쁜 짓도 꾸준히 연구를 해야 돼.'

악덕 사장들도 알고 보면 평생을 착취에 대해 연구한 사람들.

'나쁜 짓을 쉽게 생각하다니⋯ 발전도 없는 어설픈 태도

야. 그래서는 성공하기 어려운 세상이지.'

위드는 그사이에도 드워프 마을에서의 준비를 착착 진행시켰다.

"마판 상단 토르 지부장 '땅파면돈나와'입니다. 땅파돈이나 파돈이라고 불러 주시면 됩니다. 뵙게 되어 영광입니다."

"네, 수레는요?"

"완벽하게 준비해 왔습니다. 꼼꼼하게 일곱 번이나 점검했으니 고장 나는 일은 없을 겁니다."

마판 상단에 요청해서 튼튼한 짐수레와 북부의 황소들을 조달했다.

음머어어어.

음머!

누런 소, 검은 소가 잔뜩 모여 있었다.

누렁이의 본바탕은 원래 흑우!

위드의 취향 때문에 누런색으로 염색을 하고 다니면서, 북부의 수많은 암소들과 사랑을 나누었다.

그 덕에 후손들은 흑우, 황소, 얼룩소 등으로 다양했다.

위드가 조각 소환술로 누렁이를 불러들였다.

"네 자식들이다. 인사라도 나누어라."

"음머어어어."

다른 소들보다 2배는 거대한 누렁이가 근육질의 몸을 뽐내며 걸어갔다. 그러자 그 후손인 소들이 얼굴을 비비며 친

근함을 드러냈다.

음머어어어.

음머…….

위드는 레어에 쌓여 있을 산더미 같은 보물을 상상했다.

'레어의 보물을 전부 빼돌린다면 아르펜 제국의 몇 년 예산이 될까?'

금과 보석, 골동품, 마법 물품. 그야말로 팔기만 하면 전부 돈이다.

'사람들이 가지고 있는 돈이 모자랄 수 있는데. 흠, 상관없어. 할부로 팔면 되니까. 나중에 돈을 벌면 된다고 생각하고 일단 지르겠지. 아!'

자동차 같은 물품을 구입할 때 주로 쓰는 할부 제도!

위드는 왜 할부가 존재하는지를 깨닫고 말았다.

'물건을 비싸게 팔아먹기 위한 수단이었어! 충동구매도 유도하고, 거기에 이자까지 뒤집어씌우고……! 세상에는 정말 배울 게 많아.'

현금 장사만 하는 이들은 얼마나 순진하단 말인가.

세상의 법과 원칙은 역시 착취를 위한 좋은 수단들을 가지고 있었다.

'이렇게 나쁜 짓을 또 하나 배우는군. 교과서 위주로 공부해서는 절대 알 수 없는 것들이지. 세상은 한시도 방심해서는 안 돼. 그 무엇이든, 먼저 의심부터 해 봐야 된다.'

위드는 광산의 깊은 곳으로 걸어갔다.

드워프 유저들이 곡괭이를 들고 갱도를 파 내려가고 있었다.

드워프 전사 빈델!

흑사자 길드의 최상위권 서열에 있는 그는 위드의 호출을 받고 달려와서 땅굴을 파는 일의 총책임을 맡았다.

"진행 상황은요?"

"특별한 문제는 없습니다. 원래 뚫고 있던 방향이 조금 어긋나긴 했지만 크게 차이가 나는 건 아니었습니다."

빈델은 광부 특유의 위치 파악 스킬을 가지고 있었다. 땅속에서도 길을 잃지 않고 자신이 어디에 있는지 살필 수 있다.

위드는 고개를 끄덕였다.

"함정이 있었군요. 그냥 광산을 계속 뚫었으면 엉뚱한 방향으로 가 버리는……."

"광산이 그래서 방심할 수 없죠."

"케이베른이 바엘 성을 파괴하는 날 레어로 들어가야 합니다. 일정에 무리는 없을까요?"

"드워프들이 갱도를 뚫는 속도는 대단합니다. 의지도 있죠."

빈집 털이로 한탕 해 먹자는 연설이 제대로 효과를 발휘했다. 그리하여 드워프들은 무서운 속도로 밤낮 없이 땅을 파 내는 중이었다.

"레어에 너무 가깝게 뚫진 마세요. 소리와 진동 때문에 들킬 수 있습니다."

"예. 근처까지만 뚫어 놓고 대기하겠습니다."

도둑 나이드도 복면을 쓰고 도착했다.

"왔구나."

"네, 형. 현장이 진짜 굉장하네요. 이렇게 규모가 클 줄 몰랐어요."

"뭐든 제대로 하는 거지. 인생 한 방이잖아."

"형은 성실하게 노력하는 걸 좋아하는 줄 알았는데요."

"인생에서 평소에 열심히 사는 것도 중요하지. 하지만 돈 벌 기회는 절대 놓치면 안 돼."

주위를 둘러보니 감탄밖에 나오지 않았다.

보통 도둑질이란 조용히 들어갔다 감쪽같이 나오는 것이다.

지금까지 나이드가 털었던 장소는 나쁜 귀족이나 왕가의 재산, 무덤 같은 곳들이었다. 보통 혼자서 작업을 하곤 했는데, 이 정도 규모의 도둑질이라니!

어디서든 실력으로 우대받는 고레벨의 드워프들이 짧은 다리를 바쁘게 놀리며 수레를 끌고 있었다.

이들 모두가 위드의 눈치를 보는 것도 대단하지만, 광산 밖에 준비된 수레와 황소의 수량은 기가 질릴 정도였다.

'이 정도면 가구 하나까지도 남김없이 쓸어 오는 수준 아

닌가?'

위드가 어깨에 손을 슥 올리며 물었다.

"어때, 성공할 것 같아?"

"글쎄요."

워낙 큰 규모의 도둑질이라서 나이드는 조심스러웠다.

"저는 사실 기본적인 정보 외에는 드래곤에 대해서 아는
게 없어서요."

"솔직히 말해도 돼."

"에… 너무 갑작스럽기는 해요."

나이드는 드래곤의 레어를 털자는 이야기가 나오고 고작
일주일 만에 준비를 끝내 버리는 게 어이가 없었다.

무려 드래곤의 레어를 터는 일이었다.

적어도 한두 달의 준비 과정은 있는 것이 예의 아니겠는가.

"물론 위드 형이… 전설적인 모험가니까 어떻게든 해결할
방법이 있다고는 믿지만요."

"그런 거 없는데."

"예?"

"일단 저지르고 나서 상황에 맞춰 갈 거야."

나이드는 이런 상황에서도 보여 주는 위드의 여유에 안심
이 되었다.

'나라면 퀘스트에 대한 중압감 때문에 밥도 잘 안 넘어갔
을 텐데… 역시 배포가 다르구나.'

그동안의 업적이 증명해 주듯이 위드이기에 믿음이 갔다.

드래곤의 레어에서도 차분함과 냉정함만 유지할 수 있다면…….

그 순간! 나이드는 위드의 입가에서 맑은 침이 줄줄 흐르는 것을 발견하고 말았다.

"드래곤의 보물이 기대되지 않니?"

"기대되긴 해요."

"보물. 흐흐, 보물…….

"…….

"그 긴 세월 레어에 쌓여 온 보물을 몽땅 털어 오자. 그래, 전부! 싹쓸이를 해 버리는 거야."

레드 드래곤 랜도니.

대륙의 동부에 나타난 그에게는 오크 학살자라는 별명이 붙었다.

방송이나 유저들의 관심은 덜하지만, 레드 드래곤 역시 베르사 대륙의 안정을 위협하는 존재.

"취익, 취익!"

세에취는 베키닌의 3마리 미친 상어 중에서 보드미르가 모는 해적선을 타고 대륙의 동쪽 오크 랜드에 도착했다.

"모시게 되어 영광이었습니다."

"데려다줘서 고마워요, 췻!"

황량한 해안가에 도착해서는 인근 오크 부락을 찾았다.

"침입자다, 취췻!"

"형제다, 췻!"

오크들과 적당히 글레이브를 휘두르며 어울려 주고, 북부에서 가져온 말린 소고기도 나눠 먹었다.

세에취처럼 북부에서 활동한 오크 유저들은 모라타의 포도주나 치즈도 좋아했다. 하지만 대부분의 오크들은 고기만 많이 먹어도 만족했다.

"랜도니? 췩?"

"레드 드래곤 말이다, 취이잇!"

"카아앗. 츄췩!"

사나운 오크들이 두려움에 떠는 이름이었다.

"무섭다. 모른다. 취췻취!"

"우리 형제들 죽인다. 취추취앗췻. 나쁜 드래곤."

"다 죽이고, 또 죽인다. 췻!"

세에취는 단순한 정보를 모으다가 이상한 이야기를 들었다.

랜도니가 오크들의 마을을 파괴하고 그다음에는 폐허가 된 곳을 자세히 살핀다는 사실을 알게 된 것이다.

'1명도 살려 두지 않기 위해? 오크에 대한 증오심 때문에?

케이베른처럼 브레스도 쏘지 않는다고 하네. 대규모 마법 공격도 하지 않고. 레드 드래곤의 일반적인 성향과는 한참 다르잖아?'

세에취는 오크들의 이야기를 들을수록 수상하단 생각이 들었다.

지능이 떨어지고 단순한 오크들이지만 거짓말을 하진 않는다. 대충 흘려들으면 그냥 넘어갈 수도 있는 정보지만 헛소문이란 생각은 들지 않았다.

'어째서일까. 정말 그 이유를 알아봐야 할 것 같아.'

세에취는 위험을 무릅쓰고 랜도니의 영역으로 들어가기로 했다.

'케이베른처럼 몬스터들을 대거 지배하지 않기 때문에 직접 발견되지만 않으면 돼.'

오크답게, 죽음에 대한 두려움도 별로 없었다.

그녀는 랜도니가 오크들을 몰살시킨 마을에 가 보고는 깜짝 놀라고 말았다.

'마을의 형태가 그대로 유지되어 있네! 이 정도로 멀쩡하게 부쉈어?'

세에취는 마을의 내부를 돌아다녀 보았다.

아무도 살고 있지 않은 오크 마을에는 가죽이나 식기류, 목재 가구들이 뒤집혀 있었다.

'마치 오크들이 가져간 무언가를 찾는 것처럼?'

그녀는 직감적으로 이 정보가 매우 중요할 수도 있다고 생각했다.

'여기서부턴 혼자서는 무리야.'

세에취는 도움이 필요하다는 생각이 들었다.

위드!

그녀가 알고 있는 최고의 모험가가 있었지만, 지금은 한창 바쁜 상태.

-도와줘요, 취익!

-무슨 일입니까?

-모험을 하는데 강한 적들이 많아요. 취췻!

세에취의 스킬은 단순 전투와 부하들을 지배하는 유형이었다. 수백 마리의 오크들을 끌고 다니지 못하면 상당히 약한 상태!

결국 그녀는 한없이 든든하고 믿을 수 있는 남자 친구, 검둘치를 부르기로 했다.

-연장이랑 동생들 챙겨서 당장 가죠.

대지의그림자 파티는 숲길을 걸으며 빠르게 남쪽으로 이동했다.

난이도 S급 퀘스트!

그들도 드래곤과 관련이 있는 퀘스트를 진행하고 있었기에 마음이 급했다.

"위드가 레어를 털다니……."

"진행이 빨라요. 성공할 가능성도 높고요. 우리도 밀리면 안 돼요!"

대지의그림자 파티는 뮬에게 그리폰을 빌려서 타고 남쪽으로 날아갔다.

중간중간 사막의 오아시스에서 보급을 하고, 바다를 건너서 도착하게 된 남쪽 대륙!

"으… 추워."

은링은 몸을 덜덜 떨었다.

대지에는 풀 한 포기, 나무 한 그루도 없었다.

얼음으로 이루어진 땅이 새하얀 눈에 온통 뒤덮여 있는 세상이었다.

"여긴 너무 춥군."

벤이 서둘러 곰 가죽으로 된 옷을 꺼내 입었다. 다른 두 사람도 옷을 바꿔 입으면서 추위를 이겨 냈다.

"탐험가의 감각!"

엘릭스는 지리 스킬을 활용했다.

반경 1킬로미터 인근에 도시나 마을, 사람이 있으면 알려 주는 스킬. 대지에 특별한 흔적이 남아 있다면 그것을 확인해 준다.

"근처에는 아무것도 없어."

"우선 돌아다녀 보는 수밖에 없죠."

다시 그리폰을 타고 빙하 대륙을 돌아다녔다.

물이 흐르다가 얼어붙은 계곡과 높게 솟아 있는 얼음산을 발견해 냈다. 그럴 때마다 상당한 모험 업적을 쌓을 수 있었지만, 바람의 마법사의 흔적을 발견하진 못했다.

벤이 불안한 듯이 말했다.

"우린 이 빙하 대륙이 얼마나 넓은지도 모르고… 바람의 마법사가 이 근처에 있더라도 찾지 못할 거야. 지금 헛수고를 하고 있는 거 아닐까?"

엘릭스도 동의했다.

"평소라면 지도를 만들어서 차근차근 진행을 하겠지만 시간이 부족하군요. 위드가 먼저 모험을 다 해 버릴 수도 있으니."

은링은 먼 곳까지 살폈지만 보이는 건 온통 새하얀 눈밖에 없었다.

"경쟁을 하려고 모험가가 된 건 아니지만, 매번 뒷북을 치는 건 아쉬워요. 어떻게든 해 봐요."

"그렇다면 위험하더라도 나눠서 찾아보도록 하지."

벤의 의견에 따라 대지의그림자 파티는 뿔뿔이 흩어졌다.

---

－극악의 추위가 엄습하고 있습니다.
　살아남기 위해 추위에 대한 내성을 80% 향상시킵니다.

---

모험가의 생존 스킬은 주변 환경이 나쁘더라도 피해를 줄여 주는 효과가 있다.

그들은 어떻게든 살아남아서 흔적들을 찾아보자고 했고, 사흘 후에 다시 모였다.

엘릭스와 벤은 허탕을 쳤지만, 은링은 신비한 발견을 했다.

"동쪽에 얼어붙은 큰 숲이 있었어요. 호수도 있고, 나무와 동물도 보였어요. 무엇보다 엘프도요."

"엘프를 만났어?"

"아뇨. 전부 얼어 있었어요."

"모험의 향기가 느껴지는군. 바람의 마법사와 관련이 있는지는 모르겠지만."

그들은 어쩔 수 없는 모험가였다.

빙하 대륙의 얼어붙은 숲!

이 괴상한 일에 호기심이 생기지 않는다면 모험가의 직업을 택할 일도 없었으리라.

벤이 그리폰에 올라탔다.

"시간이 없으니 가 보고 이야기하세."

"안내할게요!"

모험가 체이스.

그는 미궁 조드에서부터 모험가들을 이끌었다.

"위드 님의 모험을 우리가 도와야 되지 않겠는가?"

"맞죠. 아무래도 혼자서는 힘들 테니까요."

모험가들은 할 일이 있다면 언제든 기꺼이 나설 생각이었
다. 위험을 무릅쓰는 일은 오히려 반겼다.

"케이베른은 위드 님이 진행을 하고 있는 것 같은데… 랜
도니까지 맡기는 힘드시겠지."

"둘 다 맡기는 건 무책임한 일입니다."

모험가 스펜슨도 말을 받았다.

그들을 따르는 모험가들만 해도 1,000명이 넘었다.

용사 퀘스트에 참여할 기회가 생긴다면 당연히 해야겠지
만, 기다리고만 있을 수는 없다고 생각했다.

"오크 랜드. 그 지역을 뒤져 볼 필요가 있겠어."

"풀죽신교로 세에취 님의 도움 요청도 있었습니다."

"으음, 랜도니가 파괴한 마을들을 자세히 조사할 필요도 있겠고… 하지만 난 더 동쪽으로 떠날 생각이네."

"동쪽이라면?"

모험가들은 체이스의 말에 깜짝 놀랐다.

처음에는 지도상으로만 알려진 대륙, 그것도 상점에서 판매되는 오래된 골동품 지도에 우연히 동쪽 대륙의 형태가 남아 있는 경우가 있었다.

베르사 대륙처럼 크지는 않지만, 엄청난 높이의 산과 숲이 있는 미지의 땅.

체이스도 동쪽 대륙으로 배를 타고 가 본 적이 있지만, 수시로 발생하는 지진과 화산 폭발로 인해 위험을 느끼고 돌아왔었다.

모험가들 사이에서는 불의 고리라는 이름으로도 유명했다.

"랜도니는 불의 고리에서 왔지. 그쪽에 레어가 있을 수도 있고, 무언가 참고할 만한 흔적이 남아 있을 거라고 생각하네. 가능성은 많지. 퀘스트가 발생할 수도 있고 말이야."

"레어 근처에 간다고 해서 반드시 퇴치 방법이 나오는 건 아니지 않습니까? 위드 님처럼 빈집 털이를 하는 것도 어려운 일이고요."

위드의 빈집 털이는 드워프들이 파 놓은 광산이 있어서 시도할 수 있는 방법이었다.

불의 고리의 위험한 지형을 감안하면 아마 불가능할 것으로 추측되었다.

"위험을 무릅쓰고라도 뭐든 해 보고 싶어. 일말의 가능성이라도 있다면 망설이지 않겠네. 모험가로서. 오직 모험가로서 말이네."

체이스의 말에 모험가들은 적지 않은 감동을 받았다.

중앙 대륙은 전사들의 세상이었다.

헤르메스 길드와의 전투에서도 전투 능력이 높은 이들이 활약했을 뿐이라 모험가들의 자신감은 많이 떨어져 있었다.

때때로 오랜 시간을 들여 발굴이나 퀘스트를 진행해서 전리품을 얻더라도, 그 시간에 사냥을 하는 것만 못할 때도 많다.

그래서 사람들이 모험가의 중요성을 거의 잊어버리는 지경이었지만, 사실 모험가는 대륙을 최초로 개척하며, 위험한 일에 가장 먼저 뛰어드는 직업이다.

"저도 함께하겠습니다."

"같이 가시죠, 체이스 님!"

모험가들이 불의 고리로 떠나기로 했다.

사흘이 더 지나고, 마침내 기다려 오던 빈집 털이의 거사일이 밝았다.

"하늘은 맑고… 빈집 털기 정말 좋은 날씨군."

위드가 이토록 기다려 온 퀘스트는 처음이었다.

-위드 님, 지금 케이베른이 레어에서 날아올라서 서쪽으로 가고 있습니다.

하늘에서 조인족 유저 날쌘 찬바람이 상황을 알려 주었다.

위드는 조각 변신술로 드워프의 상태에서도 모습을 조금 바꾸었다. 특히 손가락이 비정상적으로 길고 두꺼웠는데, 한꺼번에 많은 보물들을 긁어모으기 위함이었다.

"다시 한번 확실히 장비들을 점검하세요. 우리에게 두 번의 기회는 없습니다."

"옛!"

빈집 털이에 참여하는 드워프 유저들은 배낭과 물품들을 확인하며 불안감을 숨기지 못했다.

'이게 진짜 될까?'

'빈집 털이가 정말 성공한다고?'

위드의 연설에 꿈을 꿀 때는 좋았지만, 막상 닥치니 현실이었다.

드래곤의 레어에 들어가려니 본능적으로 두려움이 밀려왔다. 레벨이 400을 넘더라도 드래곤에게서 도망칠 능력은 없다.

토르에서 성장하던 초보 시절부터 주민들에게 숱하게 드래곤의 위대함에 대해서 들어 왔다.

드워프들에게 드래곤이란 절대적인 존재였다.

가르나프 평원에서도 얼마 전에 증명이 되었고, 그다음에도 매주 도시를 파괴하며 위력을 보여 주고 있다.

'내가 미쳤지. 어쩌자고 보물에 눈이 멀어서… 이성을 완전히 잃었어.'

'정말 위험한 거 아냐?'

드워프 유저들은 꺼림칙하긴 했지만 돌아서서 떠나기에는 너무 많이 왔다고 생각했다. 그들을 이끄는 존재가 위드라는 점에서 그나마 마음이 놓였다.

'전쟁의 신 위드… 아르펜 제국의 황제. 로열 로드에서 가장 특별한 사람이 우릴 이끈다.'

'해내겠지. 내가 아니라 위드니까.'

그저 위드만 믿고 따르면 어떻게든 해 주리라는 믿음.

여기서 포기했다가 정말 빈집 털이에 성공한다면 몇 년 동안 후회할 일이 될 것이다.

빈집 털이에 참여한 유저들은 그렇게 보물에 눈이 멀어 있는 위드에게 목숨을 걸었다.

"빨리 가죠."

위드는 드워프들을 이끌고 광산의 깊은 곳으로 달려 들어갔다.

레어 근처까지 미리 파 놓았기 때문에 조금만 뚫으면 됐다.

"작업 시작합시다!"

쿵! 쿵! 쿵!

미리 선발된 채광 중급 이상의 드워프 유저들이 곡괭이질을 했다. 순식간에 광석이 부서지고 길이 뚫려 갔다.

위드는 곡괭이를 내려치며 땅을 파 갔다.

"잔해는 걸리적거리지 않게 치워 주세요."

"예!"

지난 일주일 동안 드워프들은 광부 역할을 충실히 했다.

드래곤의 레어로 향하는 출구만이 아니라, 광산을 넓히기 위한 전반적인 갱도 확장 작업도 수행했다.

짐수레가 들어오기에 충분한 공간이 되었으며, 구석구석에는 방어용 시설에 피난 공간과 창고까지 만들어 놨다.

─저 파돈입니다. 수레들이 대기하고 있습니다.

마판 상단은 준비 완료.

돈이 걸려 있으면 무엇보다 신속, 정확을 자랑하는 마판 상단이었다.

어떤 물품이든 편하게 실어 나를 수 있는 튼튼한 수레 1,000대가 대기 중!

드래곤의 레어에는 무거운 광물이나 몬스터의 부산물이 많을 테니 그것까지 몽땅 챙길 작정이었다.

─타격대는 정해진 위치에서 전원 대기하고 있습니다.

얼마 전에 칼쿠스의 무리를 제압한 타격대.

헤르메스 길드를 제외한 아르펜 제국 최정예 유저들로 이루어진 타격대가 광산 내부에서 기다리고 있었다.

위드와 드워프 유저들이 레어로 들어가자마자 타격대도 뒤를 따라올 것이다.

'가능한 용아병들에게 안 걸리면 좋겠지. 하지만 융통성을 발휘해야 돼. 도둑질은 100% 실전이니까. 필요하다면 상황에 따라 억지로 돌파하며 시간을 절약하는 게 방법이 될 수도 있어.'

도둑질을 하면서 걸리지 않을 방법만 생각해서는 안 된다.

걸려도 성공해야 제대로 된 도둑질!

레어에서 어떤 사건이 벌어질지 모르기에 쓸 수 있는 수단은 모두 준비를 해 놓았다.

"갑시다."

위드와 드워프 유저들이 곡괭이로 땅을 파면서 앞으로 나아갔다.

마법 등불을 환히 밝혔기 때문에 어둠은 문제가 아니었으며, 계획대로 빠르게 전진했다.

30분 후에, 레어를 바로 앞에 남겨 두었을 때 마판에게서 귓속말이 왔다.

-케이베른이 바웰 성에 도착했습니다. 바로 브레스를 쏘진 않고 도시 주변을 천천히 선회하고 있습니다.

"시간에 정확히 맞췄군요. 목표가 위치에 있습니다. 이제 들어갑시다. 드디어 드래곤의 레어입니다!"

위드와 드워프들이 곡괭이를 내려치자 단번에 얇은 벽이

무너지면서 커다란 구멍이 뚫렸다.

레어에 도착한 것이다.

"진입! 빨리빨리 서둘러요."

좁은 구멍으로 위드와 드워프들이 몸을 비집고 통과했다.

드래곤의 레어로 들어오자마자 그들의 눈에 비친 광경은 경이로운 장관이었다.

상상 속에나 존재하던, 진짜 금은보화가 산을 이룬 모습이 보였다.

번쩍거리는 황금.

대륙의 값비싼 보물이며 골동품이 넓은 레어 여기저기에 쌓여 있었다.

"와아아!"

"이게 다 무슨……."

"진짜, 진짜 말도 안 돼."

드워프 유저들은 놀라서 입을 다물지 못했다.

'미쳤다. 여기가 천국이야.'

위드마저 이성을 잃을 정도로, 보물의 유혹은 강렬했다.

# 절대적인 위험

드디어 모습을 드러낸 드래곤 레어의 보물!

"도대체 이게……."

"얼마나 많은 거야."

드워프 유저들은 보물이 쌓여 있는 레어의 모습을 보며 기가 질렸다.

번쩍번쩍 빛나는 장비들과, 한눈에 보기에도 엄청난 값이 매겨질 것 같은 보석 세공품들이 널려 있었다.

-드래곤의 레어 내부를 침입하였습니다.

역사적인 모험 업적을 달성하셨습니다.

드래곤의 레어를 탐험하고 무사히 돌아가면 모험 관련 스킬 세 종류를
영구적으로 한 단계씩 상승시킬 수 있습니다.

메시지 창이 뜨긴 했지만 다들 휘황찬란한 보물에만 시선이 꽂혀 있을 뿐이었다.

"저건 꺼지지 않는 불꽃의 망치야."

"방벽의 천이다. 저걸로 만든 방어구는…….'

드워프들은 높은 천장에 닿을 정도로 쌓여 있는 금화의 탑보다는 장비나 보물에 더 관심을 가졌고 경악을 금치 못했다.

"이것들만 다 챙기면… 끝내준다. 보스 몬스터 수천 마리를 사냥해도 여기서 몇 개 챙기는 것보다 못할 거야."

"미쳤네, 미쳤어. 세상의 장비들은 여기 다 모였구나."

유저들의 손발이 자신도 모르게 보물로 향했다.

물론 그들 중에서 네발로 뛸 준비를 하며 가장 먼저 달려가려 한 사람은 위드!

"모두 멈추세요!"

나이드가 양팔을 벌리며 위드와 유저들을 막았다.

"여기가 드래곤의 레어라는 걸 잊지 마세요. 그리고 이 보물들에는 군데군데 마법의 흔적이 있어요. 조금이라도 잘못 건드리면 온갖 위험한 일이 벌어지게 될 겁니다."

"맞아요. 마법들부터 확인하고 해제를 시켜야 해요. 안 그러면 정말 위험할 거예요."

하루나도 함께 저지했다.

드워프 유저들은 레어에 들어오기 전부터 수백 번이나 같은 말을 들었다. 정작 보물을 보고 나선 냉정을 잃고 말았지만, 따끔한 경고에 다시 정신을 차릴 수 있었다.

"조심, 조심하자고."

"그래, 큰일 날 뻔했네. 마음대로 뛰어다닐 곳이 아니지."

간신히 이성으로 욕망을 억눌렀다.

보물을 얻기 위해서라도 함정을 건드려서는 안 된다.

"커어억."

위드는 손발을 땅바닥에 댄 상태로 있다가 천천히 일어났다. 무척 자연스러운 태도로!

"레어의 땅이 단단하군. 하긴, 땅은 원래 단단하지. 우선… 크흠! 정해진 절차에 따라 모험가 하루나 님께서 레어에 마법이 걸려 있는지 확인하시겠습니다."

대지의 교단에서 빌려 온 성물 정화의 횃불.

그 따스함이 닿기만 해도 어떤 저주나 함정도 저절로 해제된다.

위드는 바로 하루나에게 다가갔다.

"빨리해 주세요, 알겠죠?"

"예, 위드 님. 알겠어요."

하루나가 정화의 횃불에 불을 붙였다. 그러자 포근한 온기가 사방으로 퍼져 나갔다.

위드가 입을 열었다.

"하루나 님, 시간이 없으니 서둘러야 합니다."

"바로 할게요."

하루나가 보물로 걸어가기 시작하는데, 불과 두 발자국을 움직였을 무렵 위드의 말이 속사포처럼 쏘아졌다.

"여기서 지금 층간 소음 걱정하는 거 아니죠? 더 빨리 걸어도 되는데요."

"예예."

하루나는 발걸음이 느렸던 걸 반성하면서 엘프의 예쁜 긴 다리를 드러내며 성큼성큼 걸었다. 그러고는 보물에 횃불을 비출 때였다.

"아직 멀었어요? 안 됐어요? 더 기다려야 돼요?"

"마법 함정이 해제되고 있어요. 조금만 시간을 주세요."

"신중하면서도 빠르게, 효율적으로 못해요?"

"……."

"언제까지 할 건데요, 도대체!"

무섭게 보채고 있는 위드였다.

데브라도 마을의 광산을 통해 들어오게 된 악룡 케이베른의 레어!

레어에 잔뜩 쌓여 있는 보물들은 지금까지의 고생을 날려 버리기에 충분했다.

하루나가 마법 함정을 확인하고 해제하는 동안에 나이드는 주위를 돌아보고 왔다.

"다행히 레어 내부에 용아병은 없는 것으로 확인됐어요."

"확실해?"

"예. 조금 전에도 소란이 있었지만 용아병들이 없어서 들키지 않았죠. 그래도 안심할 수는 없을 것 같아요. 땅에 발자국이 있는 것으로 보아 일정하게 순찰을 도는 것 같아요."

위드도 용아병에 대해 들으면서 이성이 조금 더 돌아오고 있었다.

"오늘을 위해서 난 태어났던 거야."

"예?"

"아냐. 아무것도……. 그보다 시간이 얼마나 주어질지 모르니 챙길 수 있는 한 최대한 챙기죠!"

위드의 말이 떨어지자마자 드워프들이 신속하게 움직였다.

광산과 연결된 입구를 조금 더 넓히고, 부서진 돌무더기를 소리 나지 않게 치웠다.

신발은 이미 조용한 털신으로 갈아 신은 이후였다.

드래곤이 없더라도, 빠르고 은밀하게 진행해야 할 빈집털이.

레어에 막 들어오며 제법 큰 소란이 있긴 했지만 순조롭게 작업이 시작되었다.

드워프들은 수레를 끌고 와서 하루나가 마법을 해제하거나 함정을 확인한 보물들을 착착 실었다.

"바로바로 움직여."

"동선 꼬이지 않도록 주의하고."

오늘을 위해서 드워프 유저들은 많은 준비를 했다.

위드가 정한 드래곤의 레어에 들어오기 위한 최소한의 자격 요건으로, 택배 업체와 이삿짐센터에서 짐을 나르는 요령에 대해 교육을 받았다. 최소 10시간의 이삿짐, 물류 정리 작업도 필수적으로 진행했다.

경험자와 미경험자의 차이는 크다. 한 번 해 본 일을 다시 하면 시간을 훨씬 효율적으로 쓸 수 있었다.

"소리는 최대한 내지 마시고, 다음 조들은 미리 준비하세요."

"알겠습니다, 위드 님."

드워프 유저들은 집중해서 명령을 따랐다.

그들도 이 순간이 얼마나 중요한지를 알고 있었다.

레벨 500~600대의 장비들은 드래곤의 레어에서 발길에 차일 정도로 흔했다. 무려 레벨 800~1,000대에서만 착용할 수 있는 전설 장비들도 포함되어 있었다.

"크… 불랜의 갑옷 세트가 이 자리에 다 있다니."

"파티아의 검도 있어. 맙소사, 이건 특별해. 옵션이 열세

가지나 붙었다고."

"챙겨. 전부 챙기자."

드워프들은 신속하게 물품을 수레에 실어서 운반하기 시작했다.

드워프 유저들에게는 빈집 털이에 성공하면 20%에 해당하는 몫을 나눠 주기로 약속했다. 하나라도 더 털어야만 자신들에게 약속된 몫도 늘어나는 것.

레어의 공동에 있는 보물들이 조금씩 사라졌다.

"마법 서적들도 보여요. 전투 계열의 서적들도요."

"챙겨요, 챙겨."

하루나는 희귀한 마법 서적들을 비롯해서 고문서들도 찾아냈다.

특정 기술이나 마법은 드래곤의 레어에만 있을 가능성이 있었다. 화염, 물, 바람, 대지 계열의 궁극 마법 같은 것은 부르는 게 값이다.

금괴나 은괴, 진주 같은 것은 오히려 관심을 받지 못하고 있었다.

'전반적으로 진행이 잘되고 있군. 더 빨랐으면 좋겠지만.'

위드는 레어에 널려 있는 보물들이 드워프의 손에 의해 조심스럽게 옮겨지는 것을 봤다.

'퀘스트를 위해서는 희생의 화로만은 반드시 얻어야 한다.'

보물에 눈이 멀긴 했지만 그럼에도 희생의 화로를 찾는 일은 중요했다.

'여기까지 와서 화로를 얻지 못하면 그만한 낭패도 없지. 광산이 막히고 나면 다시 도전할 수 있는 퀘스트도 아닐 테니까…….'

드워프의 종족 퀘스트.

종족 퀘스트는 드워프들의 운명과도 연관이 있기 때문에 기회가 있을 때 반드시 깨야 한다.

'희생의 화로를 얻어야…….'

위드의 눈에 수레에 실린 보물들이 옮겨지고 있는 광경이 보였다.

'보물. 오오, 끝내주는 보물!'

자꾸만 눈을 현혹시키는 보물들!

레어의 보물 더미 사이에서 희생의 화로를 찾아내는 건 실로 힘든 일이었다. 시선이 저절로, 번쩍거리는 보물로 향해 버리는 것이다.

그 와중에 장식 하나 없이 투박해 보이는 검이 오히려 눈길을 끌었다.

'왠지 끌리는군. 뭔가 별거 없어 보이지만 명품 같은 느낌이랄까.'

위드는 하루나에게 요청해서 검에 걸려 있는 마법부터 해제하도록 했다.

"감정!"

**이름 없는 검** : 내구력 87/200. 공격력 151~214.

자신을 밝히지 않은 드워프 대장장이가 만든 검.

"최고의 검은 무엇이든 잘라야 한다. 그리고 명검에는 금속의 혼이 담겨 있어야 한다."

대장장이는 철에 애정을 쏟았다.

밤마다 가슴에 품고 잤으며, 매일 연마하여 세상에서 가장 뛰어난 철을 만들어 냈다.

"너를 두드려서 최고의 검을 만들 것이다."

대장장이는 철과 불, 모루 앞에서 3년이라는 시간을 보냈다.

마침내 이 검이 완성된 순간, 그는 눈물을 흘렸다.

"금속의 혼을 담아 무엇으로도 막지 못할 검이 탄생했다."

오랫동안 방치되어 있던 검이지만 다시 칼날을 세운다면 원래의 모습을 되찾을 수 있을 것이다.

**제한** : 검사 전용.

레벨 970.

검술 마스터.

**상태** : 조심스러운 수리가 필요함.

**옵션** : 자아를 가진 금속의 혼.

모든 스텟 +90.

사용자의 생명력을 매초마다 최대 500까지 소모하여 검의 공격력을 증가시킬 수 있다.

상대의 방어력에 비례하여 관통 대미지 상승.

연속 공격 시에 위력과 속도가 증가한다.

검술 스킬의 마나 소모 70% 감소.

검과 관련된 모든 스킬의 위력 강화.

공격 속도 45% 향상.

생명력이 12% 이하로 줄어든 적을 높은 확률로 즉사시킴.

검의 손상이 심한 상태.

수리가 완전히 끝나면 진정한 능력을 보이게 될 것이다.

금속의 혼이 인정하지 않은 이는 검의 성능을 30%밖에 사용하지 못함.

"와… 굉장한 검이네요."

모험가 하루나마저도 감탄할 정도의 명검.

로아의 명검이 뛰어나긴 했지만, 이 검도 그에 버금가는 명품이었다. 심지어 손상 때문에 제대로 모든 능력이 나타나지도 않은 상태였다.

"역시 위드 님이에요. 레어의 다른 장비들보다도 훨씬 좋아 보이는데요? 뛰어난 안목이에요."

하루나가 수다를 떨려고 하자, 위드의 눈빛이 날카로워졌다.

"빨리 마법 함정이나 해제해요."

"…네."

위드는 하루나를 보내고 나서 슬그머니 손을 움직였다.

샤샤샥!

자신은 가만히 있는데 손이 그냥 알아서 챙긴다고나 할까.

─이름 없는 검을 입수하셨습니다.
　검을 완벽하게 수리하고 자아를 완성시키면 이름을 지어 줄 수 있습니다.

"좋아."

뿌듯하고, 든든한 감정!

3년 만기 적금을 탄 것처럼 흡족한 기분이 들었다.

─오랜 잠에 빠져 있던 나를 깨운 이가 그대인가. 그대의 능력은 나를 다루기에 모자라다.

검에 있다는 자아가 근엄한 목소리로 말을 걸어왔다.

"바쁘니 다시 잠이나 자."

위드는 당장은 신경 쓸 겨를이 없었기에 검을 등에 멨다.

"위드 님, 이쪽에 위드 님이 만든 조각상이 있습니다."

"조각상요?"

오베론의 부름에 가 보니 과거에 조각했던 눈부신 케이베른의 조각상이 있었다.

은하수처럼 반짝이는 아가테의 수정들을 정교하게 방울방울 깎아 내고 은실로 엮어서 만들어 낸 조각품.

밝은 빛 아래에서 수정들이 물결치듯이 흔들리며 아름다운 형상을 자아낸다.

엄청난 노가다로 만들었고, 지금까지 만든 조각품 중에서도 아름다움으로는 손에 꼽히는 작품.

하지만 케이베른에게 바쳐야만 했던 비운의 작품이었다.

"드디어 다시 찾아가는구나. 챙기세요."

"옛, 알겠습니다."

드워프들이 부지런히 레어에 쌓여 있는 보물들을 광산으로 내려보냈다.

확장을 했더라도 비좁고 긴 광산을 통해서 물품을 빼돌리자니 다리 짧은 드워프들이 점점 더 바쁘게 움직여야 했다.

수색을 하던 나이드가 달려왔다.

"문제는 없어?"

"예, 형. 아직까진 이 부근에 딱히 위험은 안 보여요. 불길할 정도로 말이죠."

"역시 그렇긴 하지. 다른 곳도 아니고 케이베른의 레어인데 말이야."

위드도 조용한 상황을 경계하고 있었다.

뭘 해도 안심이 안 되는 상황이지만, 그나마 먼저 챙겨 둔 보물들이 만족을 준다고 할까.

"레어의 입구로 향하는 길목에는 순찰자들의 발자국이 많이 보여요."

"용아병?"

"그게, 평범한 용아병들보다는 발자국이 훨씬 크고 무거워요."

나이드는 위드가 좋아하는 모범생답게 철저하게 준비를 해 왔다. 몬스터들의 발자국이나 냄새, 습성 같은 것을 달달 외우고 있었다.

"아무래도 그렇겠지. 레어까지 들어오는 녀석들이면 용아병들 중에서도 보스급일 거야. 그것도 여럿일 테고."

"형도 아시겠지만 용아병은 다른 몬스터들과는 달라요. 지켜보는 드래곤이 없더라도 게으름을 피우거나 하지 않죠. 일정 시간마다 정확하게 순찰을 돌 거예요."

"순찰 시간까지 얼마나 남았을까?"

"발자국이 꽤 많은 걸 보면 아마 길지는 않을 거예요. 30

분? 어쩌면 1시간?"

"그렇군. 서둘러서 시간을 아껴야겠어."

용아병들은 일정 시간마다 레어에 들어와서 점검을 한다. 하지만 레어 전체를 수색하진 않는다고 했다.

앙상하게 뼈대를 드러내고 있는 바웰 성!

모여든 건축가들에 의해 성벽과 주요 건물들은 다 해체되었지만 도시의 영역은 몇 배나 넓게 확장되어 있었다.

평원 너머까지 끝없이 펼쳐진 부실하기 짝이 없는 건물들.

ー인간들을 벌하기 위해 왔노라!

케이베른이 도착했을 때는 지금까지 쭉 그랬던 것처럼 도시 내부는 비어 있었다.

ー파이어 스톤!

하늘에서 불덩어리들이 떨어지며 바웰 성과 그 인근을 강타했다.

쿠르르릉!

외벽을 잃어버리고 간신히 무게를 버티고 있던 성이 허물어지고, 주변 건물들도 파괴되었다.

케이베른은 자신이 만들어 낸 파괴의 현장에 만족했다.

ー모두 갈기갈기 부서져라. 어둠의 쇠사슬!

땅과 하늘을 연결하는 시커먼 쇠사슬이 도시를 내려치기 시작했다.

집과 도로, 나무가 무참히 부서진다.

이미 도시 전역에 걸쳐 대피가 이루어진 후라서, 유저들은 먼 곳의 숲에서 지켜보고 있었다.

"여기서 이렇게 보니 대박이야. 만약 도시 안에 있었으면 정말 무서웠겠다."

"방금 나 바람 마법 숙련도 올랐다. 거의 스킬이 한 단계 오를 정도잖아."

"관찰만으로도 스킬이 오르니 구경하는 보람이 있네."

드래곤에 의해 도시가 몇 번이나 파괴되다 보니 유저들도 내성이 생겼다.

강력한 마법은 때때로 구경하는 것만으로도 마법사들의 스킬 숙련도를 올려 주는 경우가 있었고, 그것을 떠나서도 굉장한 볼거리였다.

드래곤에 의해 파괴되는 도시의 생생한 모습!

무서운 광경이라 가슴 한구석이 으슬으슬 떨리기는 해도, 한편으론 멋지다는 감탄도 일었다.

일부러 매주 찾아다니면서 구경을 하는 관광객들도 있었다.

한편, 그들 중에는 헤르메스 길드 소속의 유저들도 숨어 있었다.

"크윽! 절대 위드의 뜻대로 되게끔 두진 않을 것이다."

칼쿠스와 결사대는 토르에서 전멸을 하고 로열 로드에 다시 접속했다.

레벨과 숙련도가 떨어지고 장비까지 잃어버린 채 초라하게 하벤 지역으로 돌아가고 싶지 않았다.

"이렇게 된 이상 전력으로 복수한다."

칼쿠스는 바웰 성으로 가자고 결사대를 부추겼다. 모두가 동의한 건 아니었지만, 그래도 절반의 길드원이 뒤를 따랐다.

"크큭, 간단한 일이지. 케이베른에게 가서 지금 레어가 털리고 있다고 말을 전하면……."

인정사정없는 드래곤에 의해 자신도 죽겠지만, 위드와 그를 따르는 유저들도 큰 피해를 입을 것이다.

칼쿠스는 합리적인 이성보다는 복수심에 눈이 멀어 있었다.

"이런 쉬운 방법으로 위드를 막을 수 있다니, 간단한 일이지."

칼쿠스가 의기양양해 있었지만, 그사이에 그들을 멀리 둘러싸는 유저들이 있었다.

"우리가 그렇게 내버려 둘 것 같아?"

블랙소드 용병단의 미헬, 사자성의 군트가 정예 유저들을 데리고 어느새 그들을 포위했다.

바웰 성에 올지도 모르는 헤르메스 길드를 차단하는 것이 그들의 임무!

"어떻게 우리가 올 것을 알고 있었지?"

"위드 님이 말씀하셨지. 때리려다가 못 때린 놈은 쉽게 포기하지 않는다고."

칼쿠스는 알지 못했지만 숲에 헤르메스 길드끼리 뭉쳐 있으니 저절로 눈에 띄었다.

위드는 몇 가지 간단한 꼼수들 따위는 미리 대비해 놓았던 것이다.

미헬도 헤르메스 길드에 대한 증오심이 사무쳤다.

"걱정하지 마라. 고통 없이 다 쓸어 줄게."

블랙소드 용병단과 사자성의 정예들이 무기를 들고 뛰어들었다.

전사와 검사 위주로 기습과 근접전을 펼쳤다.

몇몇 범위 공격 스킬들이 작렬하긴 했지만 큰 마법은 쓸 시간도 없이 사방에서 쇄도하며 상황을 정리!

악룡 케이베른은 그사이에 바웰 성을 무너뜨리고, 도시 전체를 대상으로 마법을 퍼붓고 있었다.

미헬이 복수를 하고 흡족하게 웃었다.

"이쪽은 완전히 예상대로군."

칼쿠스와 결사대를 처리하며 전리품도 챙겼고, 이 장면이 방송을 타게 될 테니 블랙소드 용병단의 부활을 알리기에도 충분하리라.

과거 헤르메스 길드에 패배하고 흩어졌던 유저들이 용병

단으로 다시 돌아오고 있었다. 그들은 아르펜 제국 소속이면서도 명문 길드들의 세력하로 돌아왔다.

근래 미헬은 옛 영광이 슬슬 돌아오고 있다는 기쁨을 만끽하고 있었다.

그는 멋지게 검을 검집에 넣고 말했다.

—고귀하신 위드 황제 폐하께 보고 올립니다.

—어떻게 됐습니까?

—칼쿠스가 나타났습니다. 저희가 다 정리했습니다.

미헬은 보고를 하면서 왠지 자신이 하수인 같다는 생각을 했다.

'느낌 탓이겠지. 그냥 느낌 때문에 그럴 거야.'

—드래곤은요?

—지금까지 도시를 삼분의 일 정도 부쉈습니다. 건물들이 넓게 퍼져 있어서 시간은 꽤 남은 듯 보입니다.

—현장에서 수고해 줘서 고맙습니다. 잘 지켜봐 주세요.

미헬은 수고했다는 위드의 말에 자신의 공을 알아준 것 같아서 기뻤다.

—영광입니다, 위드 님. 계속 보고드리겠습니다.

"보물들에 흠집이 가지 않도록 조심해요. 그리고 다들 서

두릅시다!"

드워프 유저들은 드래곤의 레어에서 부지런히 보물들을 옮기고 있었다.

"평생 이렇게 대박을 치는 날은 처음이네."

"이걸 다 팔면 도대체 얼마일까. 가격을 책정하기도 힘들겠다."

드워프 유저들의 말에는 기쁨이 잔뜩 묻어 나왔다.

평소에 구경하기도 힘든 장비들과 쌓여 있는 보물들을 옮긴다. 로열 로드에서 가장 대단한 한탕을 성공했다는 짜릿한 기분!

많은 방송국들이 생중계로 자신들을 지켜보고 있을 걸 상상하니 더욱 흥분이 되었다.

"지금 용아병이 옵니다. 병력은 스물."

입구를 경계하던 도둑 나이드의 말에 순간 드워프들은 그 자리에서 멈췄고 정적이 흘렀다.

위드가 손짓을 하자 드워프들은 기민하게 움직이며 미리 봐 둔 엄폐물에 숨었다.

체형이 작은 드워프들은 보물이 든 상자 뒤로 가는 것만으로도 몸을 감출 수 있었고, 황금 더미 사이에도 모습을 감췄다.

광산과 레어를 연결하는 큰 구멍은 그림을 덮어씌워서 가렸다.

유린이 정교한 그림을 그려 놓았던 것.

─오빠, 이 그림도 완벽한 건 아냐. 시간이 모자랐고… 물감도 덜 말랐어. 자세히 보면 걸릴 거야.

위드는 운에 맡길 수밖에 없다고 생각했다.

용아병들이 레어 전체를 둘러본다면 어차피 숨어 있는 드워프들부터 들키고 말 테니까.

혹은 보물을 챙겨 간 흔적이라도 드러나게 될 것이다.

'발자국으로 볼 땐 용아병들이 세세히 돌아다니진 않는다고 했지만, 그것만 믿고 안심할 수는 없지.'

저벅저벅.

용아병들의 발걸음 소리가 조금씩 가까워졌다.

위드는 침묵을 지키면서도 만약 들키면 로아의 명검을 휘두를 준비를 갖췄다.

'순찰하는 용아병들은 별거 아냐. 문제는 레어 밖에 있을 병력이지.'

용아병과 몬스터가 대대적으로 몰려오면 제대로 한판 붙는 수밖에 없다.

드워프들은 저마다 엄폐물 뒤에 숨어서 눈동자만 굴리고 있었다. 덩치가 작아서 숨기에는 최적화되어 있지만 마냥 안심할 수만은 없었다.

─현재 대기 중입니다.

페일을 비롯한 타격대 유저들도 습격을 가하기 좋은 위치마다 배치되었다.

"조용하군."

"크륵. 케이베른 님이 없으니 그렇지."

"여기에는 대단한 보물들이 많아."

"위대하신 케이베른 님의 거처니까. 드워프들이 존경의 마음을 담아서 바친 것들이야."

용아병들은 뱀을 닮은 눈동자로 주위를 살폈다.

순찰병들이 다니는 이동 경로 부근의 보물들은 일부러 건드리지 않은 상태였다.

"케이베른 님께선 우리의 냄새를 싫어해. 오래 머물 수 없다."

"이제 외곽을 돌아봐야지."

"그래야겠어."

잠시 후에 용아병들이 레어 밖으로 천천히 걸어 나갔다.

"후아, 갔다."

"계속 일을 합시다."

드워프 유저들이 바로 보물을 싣는 일을 재개했다.

위드도 희생의 화로를 찾기 위해 돌아다녔지만 용아병들이 다녀간 이후 마음이 찜찜했다.

'난이도 S급의 종족 퀘스트란 말이지. 근데 너무 술술 쉽게 풀리는 감이 있긴 한데. 원래대로라면 케이베른이 이 레어에 그대로 머물렀을 거야.'

드워프들이 광산을 파서 레어까지 길을 뚫었더라도, 케이베른이 있는 이상 성공하지 못했을 가능성이 매우 높았다.

드래곤의 존재만으로도 난이도 S급 중 성공 확률 최악이 될 수 있는 의뢰.

'케이베른이 자리를 비우면서 퀘스트 난이도가 변했겠지. 일반적으로 난이도가 훨씬 낮아졌다고 봐야겠지만… 그래도 너무 쉬운 거 아닌가?'

위드는 악당들이 부실한 계획과 방심 때문에 몰락하는 이야기를 숱하게 보았기에 그 점을 경계했다.

악당에게는 자만심이야말로 반드시 경계해야 할 감정이었다.

'요즘 아르펜 제국의 황제가 되었다고 해서 배가 부른가? 물론 배는 불러. 등도 따뜻하고. 이 퀘스트가 실패하더라도 이미 빼돌린 보물들 덕에 충분한 이득을 볼 것 같고.'

그럼에도 누군가가 요플레 뚜껑을 핥지 않고 버릴 수 있냐고 묻는다면 그건 아니었다.

'불안해. 생각보다 쉽게 공략이 되긴 했지만 여긴 안전한 장소가 아냐. 드래곤의 레어에서 잠깐이라도 안전하다고 믿는 것이 자만이지. 주변 상황에 대해 모든 정보를 가지고 있는 것도 아니고. 그렇다면……'

위드의 감각이 날카롭게 경고하고 있었다.

뒤통수가 간질간질한 게, 금방이라도 세차게 얻어맞을 것 같은 느낌!

-페일 님.

-옛.

-지금 위치는요?

-광산에서 운송을 돕고 있습니다. 보물이 엄청나게 많네요.

용아병들의 순찰이 끝난 후 타격대의 유저들은 운송 업무를 지원하고 있었다.

당분간은 전투가 벌어질 일이 없다는 생각 때문이었다.

-타격대 전원, 서둘러서 레어로 들어오세요.

-알겠습니다.

위드는 자신의 느낌을 믿고 타격대를 불렀다.

'내 생각이 틀렸다면 좋겠지만… 그래도 대비를 하는 게 낫겠어.'

타격대를 부르고 고작해야 2분 정도가 지났을까.

"형! 용아병들이 몰려오고 있어요!"

나이드가 큰 소리로 고함을 질렀다.

레어의 입구를 경계하고 있던 그의 눈에 완전무장한 용아병들이 달려오는 모습이 보였다. 작은 도마뱀을 닮은 마법사들도 뒤따랐다.

"모두 전투준비 해 주세요! 눈에 보이는 병력만 해도 200마리는 됩니다!"

위드도 로아의 명검을 뽑으며 한숨을 내쉬었다.

"젠장, 왜 나쁜 예감은 틀린 적이 없지? 역시 로또 같은 건 당첨될 것 같아도 절대로 안 되지."

용아병들은 보물의 표면에 비친 드워프들을 보고 동료들을 데리러 돌아갔던 것이다.

"적들이 들어왔다!"

위드가 사자후를 터트렸다.

"드워프 1조와 3조는 레어의 입구로 달려가서 적들의 진입을 막습니다! 나머지는 그대로 보물을 옮깁니다! 소리를 내도 되니 이젠 속도를 최대한 높여요!"

레어에 들어온 목적을 잊지 않는 위드!

"어서 위드 님의 말에 따릅시다!"

드워프들은 보물을 내려놓고 저마다 무기를 꺼내 들었다.

1조와 3조는 레벨 450 이상으로만 편성되어 있었다.

만약에 대비하여 빌려서라도 좋은 방패를 갖추고 있었고, 절반이 방어 능력이 탁월한 워리어들로 구성되었다.

위드는 드워프들과 함께 레어의 입구로 달려갔다.

"모두 차분히 대응하세요. 입구에서 막으면 됩니다. 빈집털이를 하다가 걸려서 약탈로 변경되었을 뿐입니다!"

아르펜 제국은 중앙 대륙까지 정복하면서 자연스럽게 바

다의 지배권도 얻었다.

"우린 줄을 제대로 섰어."

"어, 최고지."

"지골라스까지 갈 때만 해도 정말 재수 없게 걸린 줄 알았는데……."

헤인트, 프렉탈, 보드미르.

베키닌의 3마리 미친 상어는 과거를 회상할 때마다 입가에 썩은 미소를 지었다.

자신들은 누가 뭐라 욕해도 신경 쓰지 않는 악당이었다.

자잘한 나쁜 짓을 저지르면서도 뿌듯한 기분을 느끼던 시절이 있었다.

그 후로 일이 순조롭게 풀린 건, 열심히 나쁜 짓을 하다가 위드를 알게 된 덕분이었다.

베키닌의 3마리 미친 상어는 위드를 보며 나쁜 짓에 새롭게 눈을 떴다.

"우리도 해적들을 통해 세상을 먹는 거야."

"어. 소소하게 나쁜 짓을 하면서도 재미를 느끼던 시절은 이제 지났지."

"야망을 키우자. 바다는 앞으로 우리의 것이야."

아르펜 제국의 해적들.

그들을 세력권에 넣는다면 바다를 장악할 수 있었다.

비록 대륙은 넘보지 못한다고 해도, 이 세계의 바다를 얻는다면 그 힘과 권력은 막대하리라!

"바다에서 통행료를 받자."

"그렇지. 좋은 생각이야."

아르펜 제국의 제해권은 대륙 전체를 아우르고 있었다.

헤르메스 길드의 하벤 지역이 남아 있긴 하지만 그리피스의 함대가 격파되고 난 이후엔 연근해만 간신히 돌아다녔다.

동부의 로자임 왕국과 브렌트 왕국은 엠비뉴 교단에 의해 철저히 망했던 국가들이다.

아르펜 제국에서 정식으로 정복하지 않았더라도 두 왕국의 유저들이 따르고 있어서 바다를 넘나드는 건 문제도 아니었다.

"통행료를 받는 걸로 위드 님이 뭐라고 하면 어떻게 하지?"

"우릴 토벌이라도 할 거란 말이야?"

"응. 아르펜 제국 외에는 신경 쓸 게 없지만… 아르펜에도 해군은 없어도, 역시 위드가 문제잖아."

베키닌의 3마리 미친 상어에게 최종 보스란 위드라는 존재!

바다라고 해서 결코 안심할 수 없었다. 하늘을 나는 바라그를 타고 그들의 함대를 몽땅 불태워 버릴 수도 있으니까.

"뇌물을 바치면 돼."

"뇌물?"

"응. 절반 정도 떼어 주면 되지."

"그러면 해결되겠네."

"그럼! 원래 악당은 위에 상납을 좀 하는 거야. 상부상조라고 하는 거지."

"위드 님이 평소에 말하던 끈끈한 정 같은 건가."

베키닌의 3마리 미친 상어는 그렇게 항해권을 선언했다.

─바다에 나가는 모든 유저들은 1골드씩을 납부해라! 해적들의 끔찍한 맛을 보고 싶지 않다면 말이다. 으하하하핫!

해상 패권 선언!

상인들은 그날부터 해적 조합에 통행료를 납부하게 되었다.

서윤은 상납금을 항구를 개발하는 데 사용했고, 무인도와 새로운 항로 발견에도 지원금을 내걸었다.

베키닌의 3마리 미친 상어와 해적단에도 공식 요청했다.

─항상 열심히 해 주셔서 고마워요. 앞으로도 유저들을 잘 보살펴 주세요.

어떤 면에서는 위드보다도 더 권위가 있는 존재.

서윤이 전달한 귓속말에 해적들은 넙죽 고개를 숙였다.

─물론입죠. 바다를 철저히 지키겠습니다.

─저희만 믿어 주십쇼. 제발 믿어 주세요. 실망시키지 않겠습니다.

해적들은 약속을 했고 철저하게 지켰다.

바다의 경계를 서는 건 당연했고, 항로를 지키며 해양 몬스터들로부터 유저들을 구했다.

"가끔 짐 실을 공간이 부족하면 해적선에도 실어 주고 좋네."

"돛이 부서지니까 수리도 해 주더라."

"처음 오는 해역에는 해적들이 지리를 잘 알지. 꼭 피해 가야 하는 바다 몬스터들의 위치도 말해 주고 말이야."

항구 바르나의 초창기부터 바다에서 함께 성장한 해적 유저들은 북부의 상인, 모험가도 다 같은 동료라고 생각했다.

해적 모자를 쓰고, 해골 깃발을 세운 해적선들이 바다를 누비고 다녔다.

"침입자들을 전부 죽여라!"

"드워프들 따위가 케이베른 님의 레어에 들어오다니, 모조리 죽여 주마!"

"산산조각을 내라. 갈기갈기 찢어라!"

용아병들이 험악한 말을 내뱉으며 달려오고 있었다.

평범한 용아병도 아닌, 레어를 지키는 엘리트 용아병들!

위드는 드워프들을 이끌고 용아병들에게 맞섰다.

"입구 근처에서 지킵시다. 놈들이 레어로 들어오는 것을 막으면 됩니다."

드워프들은 등에 메고 다니던 배낭에서 철제 갑옷을 꺼내
어 입은 상태였다.

도둑질을 할 때는 움직임이 느려져서 무거운 방어구들을
착용하지 않았지만 전투를 위해서는 필요했다.

"흐합! 처음부터 죽으려고 온 곳인데, 동료들이 너무 든든
하군."

"버티자고. 될 것도 같은데? 케이베른만 없다면 걱정할 것
없잖아."

막 들켰을 때는 놀라기도 했지만, 그래도 드워프들은 레벨
이 높은 역전의 용사들이었다.

전사와 워리어는 가장 앞에서 싸우기에 용감하고, 두려움
도 없다. 일찍부터 함께 활동하며 알고 지내던 다른 드워프
들을 믿었다.

용아병들이 일렬로 서 있는 드워프들과 맞부딪쳤다.

"죽어라, 침입자들!"

"케이베른 님의 안식처에 침입한 죄는 용서받지 못한다.
너희는 모두 죽은 목숨이다."

드워프들은 방패를 앞세우고 공격을 버텨 냈다.

레벨 400대 이상의 드워프들은 기본적으로 타고난 맷집이
있어서 쉽게 무너지지 않는다.

촤자창!

반격으로 휘두르는 도끼와 창이 용아병들의 피부에 부딪쳤다.

"방어선 지키고, 밀리지 마!"

"그대로 자리를 사수하자."

레어를 지키는 용아병들은 일반 용아병보다 레벨이 훨씬 더 높았지만, 드워프들은 충격에도 불구하고 밀집대형을 선택하며 버텨 냈다.

위드는 앞으로 나서며 로아의 명검으로 땅을 내려쳤다.

"용암의 강!"

대지가 갈라지며 붉은 용암이 용아병들을 뒤덮었다.

"꿰엑!"

당장의 피해량도 막대했지만 적들을 물러서게 만드는 효과도 있었다.

"크엑, 죽어도 전진해라!"

"케이베른 님의 보물을 지켜야 한닷!"

용아병들은 억지로 용암의 강을 뚫고 들어왔다. 몸이 불덩어리가 되어서 미친 듯이 돌격했다.

드워프들은 세 겹으로 방어진을 치고 방패를 앞세워서 막아 냈다.

페일이 이끄는 타격대의 일부가 도착한 건 그 직후였다.

"위드 님, 저희도 왔습니다. 바로 전투에 돌입하겠습니다."

"원거리 지원이 되는 분들은 용아병들을 골라서 저격해 주세요. 커다란 무기를 가진 녀석들은 자신들끼리도 방해가 되니 내버려 두고, 보스급부터 먼저 처치해야 합니다."

위드는 빠르게 용아병 무리를 분석했다.

대략 200여 마리가 있었고, 그들 중에서 보스급이라고 부를 만한 존재는 40마리 정도!

특별히 강한 녀석도 있고, 불이나 벼락, 얼음의 기운을 쏟아 내는 특수 능력을 보유한 놈들도 있었다.

그들을 먼저 제거하는 쪽이 전투에 유리하다고 봤다.

"알겠습니다!"

타격대의 유저들은 위드의 말에 따라 무리를 나누었다.

근접 계열의 전투 직업들은 앞으로 달려가고, 나머지는 페일이 지휘했다.

페일의 불화살이 날아간 쪽으로는 마법이나 화살의 원거리 공격이 집중되었다.

드워프들도 강하기는 하지만 이들이야말로 레벨 500대가 넘는 아르펜 제국의 최정예!

'제대로 한몫은 해낸다!'

'뭐라도 해야 장비를 받지 않겠어?'

유저들은 레어의 보물들을 지나오면서 입안이 바싹바싹 마르고 눈이 돌아갔다. 성과를 내세워야 당당하게 장비를 얻을 테니 죽기 살기로 막을 각오를 했다.

공격이 집중되자 보스급 용아병 7마리가 그대로 죽어 나갔다.

나머지 용아병들 쪽엔 드워프와 타격대가 협력해서 격렬한 전투가 벌어졌다.

용아병들을 압도하진 못했지만 탄탄한 수비로 쉽게 밀리지도 않았다.

"크웨에엑! 케이베른 님이 너희를 용서하지 않을 것이다."

"인간. 드워프. 한 놈도 남김없이 죽여라, 죽여!"

하지만 레어의 입구로 더 많은 용아병들이 몰려들고 있었다.

-용아병들의 지휘관, 바뎀믹스의 영향권 안에 들어오셨습니다.
미증유의 두려움이 밀려옵니다.
생명력의 최대치가 감소합니다.
혼란, 공포 상태에 빠질 가능성이 높아집니다.
공격에 더 많은 피해를 입습니다.

"이건 또 뭐야."

드워프들은 당황했다.

다른 용아병들보다 3배쯤 큰 녀석이 레어의 입구에 나타났다. 등에는 도끼와 창 같은 대형 무기들을 주렁주렁 달고 있었다.

보스급 용아병들을 처리하긴 했지만, 이곳은 위험하기 짝이 없는 드래곤의 레어!

진정한 보스 몬스터의 등장이었다.

"너희는 허락받지 않은 장소에 들어왔다!"

바뎀믹스가 도끼와 창이 결합된 할버드를 다른 용아병에게 휘둘렀다. 길을 막고 있는 용아병들을 날려 버리며 그대로 드워프들 앞까지 달려왔다.

"역병 강타!"

할버드를 휘두를 때마다 막고 있던 드워프들이 수십 미터씩 나가떨어졌다. 푸른 안개가 몸을 뒤덮으며 생명력이 매초마다 쭉쭉 떨어졌다.

'이건 안 좋아.'

위드의 본능이 경고하고 있었다.

바뎀믹스는 보스급 중에서도 보스급이라고 불릴 만한 극도로 위험한 존재.

드워프들이 협력해서 싸우면 당장은 버틸 수 있으리라. 하지만 저런 존재들이 몇이나 나타날지 모른다는 점이 문제였다.

'케이베른의 명령을 따르는 몬스터와 용아병은 전부 몰려오고 있을 거야.'

# 드래곤 레어 수비전

오베론이 희미하게 웃으며 옆에 있는 위드에게 말했다.

"제가 방어선을 책임지겠습니다. 죽는 순간까지 발목을 잡고 시간을 끌 테니, 위드 님은 중요한 일을 하셔야 합니다. 어서 희생의 화로를 찾으시고, 보물도 옮기십시오."

사서 고생을 청한다. 그야말로 상을 내려도 아깝지 않을 훌륭한 책임자였다. 이런 이들이 꼭 승진은 하지 못하고 현장에서 인생을 마감한다.

위드는 기회를 놓치지 않고 미련 없이 뒤돌아섰다.

"알겠습니다. 잘 부탁드립니다. 오베론 님의 비석에 제가 이름을 꼭 새겨 드리겠습니다."

위기 때 튀어나오는 인성!

"흐랴아!"

오베론은 방패를 땅에 내려찍으며 용아병들의 이목을 집중시켰다.

"전부 덤벼라!"

위드는 용아병들이 오베론에게 관심을 둔 사이에 뒤로 완전히 빠져서 주위를 살폈다.

레어에 쌓여 있는 막대한 보물들!

드워프들이 빼돌리면서 줄어들긴 했지만, 십분의 일 정도만 옮긴 상태라 아직도 많았다.

하지만 분류와 정리 작업을 동시에 진행해 보물을 실어 나르는 속도는 훨씬 빨라지고 있었다.

위드는 드워프들에게 물었다.

"희생의 화로는 챙겼습니까?"

"없습니다."

"저희도 아직 못 찾았어요."

처음에는 보물을 보고만 있어도 배가 불렀지만 이제부터는 시간과의 싸움.

레어의 입구에서는 뚫고 들어오려는 바델믹스나 다른 몬스터들을 드워프가 수십 명씩 달라붙어서 억지로 막고 있었다.

> ─바델믹스가 특수한 힘의 장막을 몸에 둘렀습니다.
> 모든 물리 피해를 30초 동안 마나로 흡수합니다.

타격대의 유저들이 바넴믹스를 집중 공격했지만 효과를 발휘하지 못하고 있었다.

위드는 그 광경을 잠깐 보다가 고개를 돌렸다.

"저런 개사기가… 나이드!"

"예, 형."

"우린 어떻게 될지 모르니 희생의 화로부터 찾아야 돼."

"알겠어요, 저도 도울게요."

위드는 나이드와 함께 보물을 확인하며 커다란 화로를 찾기 시작했다.

"화로… 일단 화로의 형태일 텐데. 크기도 꽤 클 테고."

"예술품이나 골동품이 모여 있는 곳부터 수색해 볼까요?"

"그게 좋겠어."

드래곤이 난로로 썼다는 이야기를 듣긴 했지만 예술품이나 가구들 사이에서도 눈에 쉽게 띄진 않았다.

악룡 케이베른은 정말 정리 정돈과는 거리가 먼 유형이었다.

최소 3년 동안 집 정리를 한 번도 안 한 자취생의 집!

골동품과 보물, 보석이 이것저것 종류를 가리지 않고 뒤섞여 있었다. 어떤 것들은 높은 탑을 이루고 있기도 했고, 금은보화에 뒤덮여서 제대로 살펴볼 수도 없었다.

"젠장, 쓰레기 더미처럼 마구 쏟아 놓았어."

위드는 산을 이루며 쌓여 있는 보물들을 제대로 살필 수가 없어서 곤란했다.

모험가 하루나가 마법 함정들을 해제하는 손길은 너무 빨라서 보이지도 않을 지경이었다.

"더 서둘러 주세요!"

"저도 최선을 다하고 있지만 어떤 위험한 마법 함정이 있을지 몰라요. 재차 확인까지 해야 되니 더 빨리하는 건 무리예요."

하루나도 나름 고충이 있었다.

정화의 횃불이 마법 함정을 해제하기까지 시간이 걸리니 마냥 서두를 수만은 없는 것.

"이대로라면 희생의 화로가 언제 나올지 몰라. 그럼 시간이 꽤 필요하겠는데."

위드가 다시 레어의 입구를 돌아보니 용아병과 몬스터의 공격이 더욱 거세지고 있었다.

"침입자들을 죽여라!"

"산 채로 뜯어 먹자. 케이베른 님이 화를 내시기 전에 말이야."

"돌격, 앞으로!"

레어의 입구에서부터 함성을 지르면서 모여드는 용아병과 몬스터 떼.

쿠궁!

이번엔 땅이 흔들렸다.

"중력 마법이다."

"젠장, 6배나 돼!"

어딘가에서 드워프들에게 무거운 중력을 적용시키는 마법이 시전되었다.

"케이베른 님의 안식처에 들어온 겁 없는 녀석들. 너희의 심장을 꺼내서 얼마나 커다란지 확인해 보아야겠구나, 클클."

> −리치 스몰링이 지역의 중력을 조절했습니다.
> 모든 생명체들아. 연약한 너희는 마땅히 납작하게 짓눌릴 것이다!
> 움직임이 느려집니다.
> 체력 소모가 빨라집니다.

레어를 지키는 언데드 마법사 리치!

바뎀믹스에 이어서 리치 스몰링까지 달려왔다.

중력 조절 마법의 무서움은 지역 전체에 부여되어 피할 수 없다는 것.

힘이 약할 경우에는 단숨에 전투 불능 상태에 빠져든다.

"버텨!"

"자리만 지켜라. 앞으로 나가지 마!"

드워프들은 밀집대형을 유지한 채로 간신히 막아 내고 있었다. 좋은 갑옷과 맷집을 바탕으로 전투에서는 탱커 역할을 주로 하는 드워프들이었지만 뚫고 들어오려는 공격이 만만치 않았다.

레어의 입구가 좁지 않았더라면, 바뎀믹스나 용아병들에 의해 무시무시한 피해를 입었으리라.

간신히 몸을 버티고 서서 막아 내고 있을 뿐이었다.

"위드 님! 저는 블로핸드라고 합니다."

드워프 1명이 상자를 들고 헐레벌떡 뛰어왔다.

"방금 옮기려던 것인데… 여기 마법 스크롤이 있습니다."

드래곤이 만든 마법 스크롤!

마법사가 없더라도 손으로 찢는 것만으로도 발동되는 마법 스크롤은 그 위력에 따라서 부르는 게 값이었다.

촤라라랏!

위드의 머릿속에서는 상자에 수북이 쌓여 있는 스크롤의 견적이 뽑히고 있는 상태.

"이걸 전투 중인 사람들에게 주면 큰 도움이 될 것 같습니다."

블로핸드의 말에 고속으로 회전하던 머릿속이 딱 멈췄다.

"이 귀한 걸… 쓴다고요?"

"네, 상황이 상황이니만큼… 안 될까요?"

위드는 블로핸드의 말을 들으며 가볍게 눈을 감았다.

이 순간, 가까이 있는 드워프들이 보고 듣고 있었다.

당연히 방송국들의 생중계로 수억 명에 달하는 시청자들도 지켜보고 있으리라.

'지금 제안을 거절한다면 치사한 짠돌이에 비겁한 놈이 되

달빛
조각사

겠지.'

솔직히 스스로도 치사한 짠돌이에 비겁한 놈이라고 생각했다. 그렇지만 본인이 인정하는 것과 모든 사람들이 알게 되어 실망하게 되는 건 별개였다.

어느 한구석엔가 실낱처럼 붙어 있던 자존심!

위드는 목소리가 갈라지는 걸 막기 위해 침을 꿀꺽 삼키고 말했다.

"쓰세요. 급한데 당연히 써야죠."

"알겠습니다."

마법 스크롤의 지원이 이루어지면서 레어의 입구에 전격 마법이 작렬했다.

수십 마리의 몬스터와 용아병을 정리하며 한숨을 돌리는 드워프들! 그럼에도 적들은 금세 다시 몰려왔다.

"아무래도 오래 버티긴 무리겠어."

위드도 그렇게 생각할 수밖에 없었다.

위기 때마다 마법 스크롤을 쓰면 몇 분은 더 버틸 수 있을지라도, 여기는 드래곤의 레어.

온갖 몬스터들이 덤벼들고 있었다.

―인간들이 살아가는 집 따위는 모조리 부서져야 한다.

케이베른은 대지에 우뚝 서서 포효했다.

바웰 성은 처참하게 부서져서 잔해만 남아 있었으며, 도시의 건물들도 파괴되어 무너져 내렸다.

다리가 끊어지고, 가로수들은 연기를 내뿜으며 불에 타고 있었다.

-모두 파괴되어라!

케이베른이 숨을 한껏 들이마신 후에 브레스를 내뿜자, 건축가들이 부실 공사로 지은 건물들이 땅과 함께 녹아내렸다.

분탕질을 치면서 도시를 완전히 폐허로 만들어 놓는 블랙 드래곤!

-쿠워어어어어어!

케이베른이 포효를 터트리며 하늘로 날아올랐다.

멀찌감치 구경하던 유저들은 바웰 성이 완벽하게 부서지기를 기다리고 있었다.

지금까지의 드래곤의 행동은 목표로 했던 도시를 철저하고 완벽하게 파괴했다.

무엇 하나 멀쩡하게 남아 있지 않을 정도로 부숴 놓는 것이 드래곤의 일반적인 모습.

-인간들… 감히 내 영역에 들어오다니. 간이 부었구나.

드래곤 레어의 경계 마법이 발동되며 케이베른은 침입자들을 알아차리고 말았다.

"헉."

"눈치챘잖아!"

바웰 성에 건물들을 세운 건축가들의 얼굴이 새하얗게 질렸다.

계획이 탄로 나고 만 것!

당장이라도 케이베른이 자신의 집으로 날아가면 빈집 털이는 수포로 돌아가고 만다.

－가소롭구나. 내 집이 너희의 무덤이 될 것이다.

케이베른은 도시를 파괴하는 일을 멈추지 않았다.

－위드 님! 케이베른에게 들켰습니다.

바웰 성에 있는 건축가 바죠가 위드에게 귓속말로 상황을 알려 주었다.

－이런… 보물을 빼돌리려면 한참이나 남았는데.

"비천한 종속들아, 당장 모여들어 육체와 영혼의 주인인 케이베른 님의 레어를 지켜라!"

용아병들의 대장 바뎀믹스가 뼈로 만든 뿔피리를 불었다.

뿌우우우우.

높고 웅장한 소리가 울타 산맥의 먼 곳까지 퍼졌다.

"적을 더 모으고 있어!"

"지금도 막기 어려운데!"

드워프들의 입에서 비명이 튀어나왔다.

전사와 워리어로 이루어져 있어 간신히 입구를 막아 낼 수 있었지만, 바렘믹스의 공격은 제대로 맞으면 드워프의 목숨을 위태롭게 만들 정도였다.

"무조건 뚫어라."

"저 벌레 같은 드워프들을 죽여! 섬광 파열!"

용아병들의 돌파도 문제인 데다 리치 스몰링까지 마법으로 드워프들을 공격했다.

빛이 번쩍이고 공기가 터질 때마다 피해를 입는 드워프들.

타격대의 유저들도 원거리 공격으로 받아치면서 버티고 있었다.

"적은 강하다. 하지만 좁은 입구를 막으면 버틸 수 있다. 절대 물러서지 마!"

오베론이 전사의 함성을 지르며 드워프들을 격려하고 있었다.

그 순간!

후방에서 회복 마법을 준비하던 사제가 목숨을 잃고 회색빛으로 변했다.

"뭐야, 왜 죽었어?"

옆에서 사제들이 당황하고 있는 가운데, 또다시 2명의 목숨이 연달아서 사라졌다.

"암살자다!"

드래곤의 레어를 지키는 병력 중에서 지휘관급인 존재가 하나 더 나타났다.

"어서 후방을 보호해 줘!"

"다들 경계하고, 어둠이 다가오지 않도록 주변을 밝혀요."

타격대의 전사 일부가 사제와 마법사를 지키기 위해 급하게 달려갔다. 그러자 어둠 속에서 흐릿하게 보이는 형체가 천장에 겹쳐지며 빠져나가는 것이 보였다.

"도대체 바렘믹스 같은 놈이 몇이나 있는 거야?"

"지켜! 지키라고!"

드워프들도, 타격대에서도 죽는 이들이 속출하고 있었다.

ㅡ인근 몬스터들이 전부 레어로 향하고 있습니다.

답답하게 상황을 지켜보던 위드에게 날쌘 찬바람의 귓속말이 들어왔다.

ㅡ알고 있어요.

ㅡ아, 예. 짐작하시리라고 생각했지만, 대략 반경 10킬로미터에 달하는 영역의 몬스터들이 전부 그곳으로 이동하고 있습니닷!

ㅡ…….

추가 병력의 등장.

던전과 마굴에서 무시무시한 고위 몬스터들이 뛰쳐나오고 있었다.

그들이 모두 드래곤 레어로 달려오고 있다는 소식이었다.

"우리 이제 망한 거 아냐?"

"레어에 갇혀서 다 죽는 건가? 지금이라도 빨리 철수를 해야 해!"

보물을 수색하던 드워프들이 소리를 지르고 급하게 뛰어다녔다.

나이드가 다급한 표정으로 돌아봤다.

"어쩌죠, 형? 당장 몬스터들이… 보물은 절반도 못 살펴봤어요. 이대로라면 몬스터나 케이베른이 먼저 들어올 것 같은데요."

위드는 마음이 오히려 차분해졌다.

"역시 드래곤의 레어를 털려니 이 정도로 위험해지는군."

드래곤에게 들킨 상황에, 시간이 촉박한 데다, 궁지에도 몰렸다.

그렇지만 이럴 때일수록 정신을 바짝 차려야 했다.

치과 치료를 막 마치고 얼음물을 들이켠 것처럼 깨어나는 정신!

"바로 앞에서 케이베른의 브레스가 날아오지 않는 이상 진짜 최악은 아냐. 그리고 이미 빼돌린 보물도 있으니 어쨌거나 최악은 면했지."

위드가 단호하게 말했다.

드워프들은 감명 깊게 듣기도 했지만, 모두가 그런 건 아니었다.

"지금이 최악이 아니라면 더 떨어질 밑바닥이 있다는 의미
로군."

"어… 그리고 케이베른도 곧 올 거잖아."

페일은 용아병을 향해 화살을 쏘았다.

공기를 꿰뚫으며 30미터의 거리를 쏜살같이 날아간 화살
이 용아병의 이마에 정확히 박혔다.

용아병이 뒤로 넘어지는 것을 보며 그다음 화살을 시위에
빠르게 쟀다.

"페일 님, 어떻게 해야 하죠?"

타격대의 유저 중의 하나가 물어 왔는데, 목소리에는 떨리
는 기색이 역력했다.

케이베른이 빈집 털이 계획을 알아차렸고, 레어의 입구로
는 몬스터들이 미친 듯이 몰려오고 있다는 사실 때문이었다.

드래곤 레어에 머물고 있다는 장소 자체의 위험성이 그들
을 불안하게 만들었다.

페일의 답은 간단했다.

"우린 놈들이 들어오지 못하도록 막으면 됩니다."

"하지만… 케이베른이 오면 우린 다 죽은 목숨 아닌가요?
몬스터들을 막기도 버겁잖아요."

푸슉!

페일의 화살이 이번에는 몬스터를 꿰뚫었다.

힘껏 쏜 화살이라 몇 마리의 몬스터들을 한꺼번에 관통했지만 죽은 것은 1마리.

괴상한 냄새를 내뿜던 파충류였다. 처음 보는 몬스터들이라 정보가 부족하니 외관상 위험해 보이는 녀석을 먼저 해치운 것이다.

"전투에 집중하세요. 우왕좌왕해서는 아무것도 안 됩니다. 무엇을 어떻게 해야 할지 모를 때는 눈앞의 적과 싸우면 됩니다."

"하지만… 지금이라도 위드 님께 퇴각하는 걸 건의하면 어떨까요. 보물도 그럭저럭 챙겼고요. 친한 페일 님이라면 말할 수 있잖아요?"

페일은 그제야 주위를 돌아봤다.

타격대의 유저들이 불안해하는 모습이 보였다. 레벨은 높지만 위기에 빠졌던 경험은 부족한 유저들.

중앙 대륙의 유저들은 헤르메스 길드의 기세에 눌려서 대규모 레이드 같은 건 못 해 봤다.

명문 길드 소속 유저들은 여러 일들을 겪어 봤지만, 그들에게도 드래곤의 레어는 불안감을 심어 주는 장소였다.

차라리 토르의 드워프들은 그들의 영역에서 독자적으로 활동하며 다양한 전투들을 겪어 보았다.

무엇보다 선두에서 싸우는 전사, 워리어 계열이 주류를 이루는 것이 이유이기도 하리라.

"하아."

페일은 한숨을 쉬고 말았다.

오베론은 자신을 따르는 드워프들을 이끌고 버티고 있었는데, 그 모습이 너무 힘겨워 보였다.

밀려오는 거대한 파도를 간신히 막아 내는 방파제 같은 느낌이랄까.

몬스터들이 무시무시하게 부딪쳐 오기에 드워프들은 방패를 앞세우고 버텨 내는 데 급급했다.

그 와중에도 검과 창을 내세워서 반격을 가하고, 부상이 심한 동료들을 지키고 있었다.

페일은 이를 악물었다.

"싸우든 말든 알아서 하세요. 그렇지만 퇴각은 절대 없습니다."

"왜요? 일부러 죽을 필요는 없잖아요?"

"물러나면 언제 강해집니까?"

"상황이 안 좋잖아요. 보물에 무리하게 욕심을 내기보다는……."

"불리함 따위는 따지지 마세요. 적이 왔으니 그냥 싸우는 겁니다. 그리고 가슴에 손을 얹고 말하세요. 레어에 온 목적을 떠나, 우리가 퇴각하면 저 드워프 유저들도 철수할 수 있습니까?"

"……."

타격대가 퇴각하면 용아병과 몬스터를 겨우겨우 막고 있는 드워프들의 몰살은 그 순간 확정되는 것이다.

"위드 님이 싸움은 몸보다 마음으로 먼저 하는 것이라고 했습니다. 싸울 생각이 없으면 여기서 혼자 빠져나가세요."

페일은 위험한 상황에서 길게 대화를 나누는 것 자체가 사치라고 생각했다.

누군들 얼마나 알아들었을까.

그저 자신이 할 수 있는 일을 해낼 뿐!

위드를 따라 위험하고 어려운 전투 현장을 여러 군데 겪어 본 페일은 아직 할 만하다고 여겼다.

극단적으로 빠른 사냥 속도로, 항상 생명력과 마나를 간당간당하게 유지하며 몬스터와 부딪쳐 갔었다.

한눈을 팔거나 정신을 차리지 못하면 언제든 위험했고, 여유를 부릴 틈이란 없었다.

다다닷!

페일은 레어의 벽을 딛고 옆으로 달렸다.

궁수로서 중점적으로 올려놓은 민첩은 몸놀림을 가볍고 빠르게 만들어 주었다.

"다중 관통 화살!"

슈슈슉!

벽을 타고, 그다음에는 공중에서 회전하며 쏘아 낸 화살들이 몬스터들의 머리에 연달아서 정확하게 박혔다.

> −몬스터 프렘의 머리를 관통했습니다!
> 죽음의 일격!
> 몬스터 프렘을 죽였습니다.

> −궁술 스킬의 숙련도가 크게 증가합니다.

페일은 공중에서 회전하며 활시위를 놓았다.

기본적으로 200~300미터의 거리에서는 놓치지 않는다.

정확한 조준, 쏘아진 화살이 목표물에 명중하는 모든 과정이 자연스러울 뿐이다.

−넌 친구들 말 듣다가 망할 거야.

−소신을 가져야지. 단호하게 의사를 표현할 줄 알아야 돼.

페일은 어릴 때 들었던 말들을 떠올리며 미소 지었다.

'모두 틀렸어.'

누군가의 부탁을 쉽게 거절하지 못하는 성격.

학교 선생님은 훗날 페일이 '호구'가 되는 게 아닌지 걱정했다.

그렇지만 인생을 함께 걸어가도 좋을 친구이자 동료를 만났다.

방송으로 알려진 이후로, 다른 사람들을 만나도 모두가 그를 부러워했고 잘 알지도 못하는 친척들의 연락이 쇄도했다.

어쩌다 전투 영상만 등록해도 조회 수가 가볍게 천만 단위는 넘게 찍혔다.

'자만하지 말아야지. 행동도 조심해야 해. 난 그냥 모험이 즐거울 뿐이야.'

페일은 자신이 1명의 어엿한 궁수로서, 아르펜 제국의 영주로서 당당하게 살아가고 있다고 생각했다.

"큭!"

오베론은 주위의 드워프들이 바뎀믹스의 공격에 튕겨 나가는 것을 봤다.

드워프들은 로열 로드를 함께한 그의 동료이고 친구였다.

"자리를 지켜라아!"

오베론은 용아병의 돌격에 맞서며 힘겹게 소리칠 수밖에 없었다.

당장 눈앞에 달려오는 용아병들을 막아 내는 것도 벅차다. 기회가 되는 대로 고함을 지르며 체력과 생명력을 회복해야만 죽지 않고 바뎀믹스의 발목을 잠깐이라도 붙잡을 수 있었다.

'어떻게든 막는다. 막아야 한다!'

입구가 뚫리면 레어로 용아병과 몬스터가 쏟아져 들어온다.

그 결과는 파국!

워리어들과 전사들은 사력을 다해서 막아 냈다.

-하늘의 수호가 적용되었습니다.

3분 동안 방어력이 200% 강화됩니다.
생명력이 5.2배 더 빠르게 회복됩니다.
일시적으로 힘과 맷집이 늘어납니다.
강한 적과 싸울수록 전투력이 향상될 것입니다.

누군지 모를 사제의 보호 마법이 적용되었다.

선두에서 싸우는 워리어에게 사제들의 신성 마법이란 끊임없이 싸울 수 있는 용기를 준다.

빠각!

그때, 오베론에게 창을 휘두르며 신나게 공격하던 용아병이 스르륵 무너졌다.

용아병의 머리를 대검으로 후려치며 나타난 거구의 남자가 있었다.

"난 파이톤이오. 그쪽은?"

"오베론입니다."

"명성은 익히 들었소."

"저 역시 마찬가지. 저놈은 우리 둘이 맡아야 할 것 같습니다."

파이톤과 오베론은 간단히 인사를 나누며 협의했다.

용아병들을 지휘하는 바뎀믹스.

집단 전투에서는 지휘관을 묶어 놓으면 효과가 크다. 물론 용아병들이나 몬스터들은 바뎀믹스가 죽거나 말거나 밀고 들어올 테지만.

"몇 분이나 버틸 수 있을 것 같습니까?"

"적어도 5분은 해 봐야지요."

"목숨을 건 치열한 싸움이 될 것 같군. 가 봅시다."

오베론과 파이톤이 같이 바뎀믹스에게 덤벼들었다.

"멍청한 놈들! 감히 나에게 덤비다니. 허리를 둘로 잘라 주마."

용아병의 대장인 바뎀믹스가 그 싸움을 받아 주면서 격전이 펼쳐졌다.

"이것이 나의 힘이다. 울림 휘두르기!"

바뎀믹스의 할버드가 같은 용아병까지 휩쓸어 버렸다.

오베론은 작은 키 덕분에 피하기가 쉬웠지만, 파이톤은 땅으로 대검을 휘두르며 뛰어올랐다.

"머리 깨기!"

파이톤은 공중에서 대검을 강하게 내려쳤다.

"그런 큰 공격은 위험합니다!"

오베론이 놀라서 소리를 질렀지만, 파이톤도 다 생각이 있었다.

지능이 있는 몬스터들은 약한 공격은 맞아 주더라도 머리로 향하는 위협적인 공격은 그냥 무시하지 못한다.

'반드시 피하거나, 받아친다.'

예상대로 바뎀믹스는 휘두르던 할버드를 그대로 올려 쳤다.

"하늘을 꿰뚫어라!"

파이톤의 머리 깨기를 시퍼런 기운이 맺힌 할버드로 받아치는 바뎀믹스.

"칼날 막기!"

파이톤은 급히 스킬을 취소하며 방어 스킬로 전환!

미리 예상했던 움직임이라 빠르게 대응할 수 있었다.

콰쾅!

그럼에도 불구하고 바뎀믹스의 공격에 생명력이 30% 넘게 줄어들었다.

감당하지 못할 충격을 공중에서 받은 파이톤은 용아병들의 한복판으로 떨어졌다.

적들이 몰려드는 와중에도 질세라 파이톤이 고함을 질렀다.

"덤벼라, 이 도마뱀 부하 새끼야!"

"네놈이 죽고 싶구나. 토막을 내서 얼마든지 죽여 주마."

바템믹스는 주위를 둘러싸고 있던 드워프들을 벗어나서 성큼성큼 달려왔다.

"저리 꺼져라!"

할버드를 휘두르며, 걸리적거리는 용아병들을 거침없이 베어 버렸다.

"뭐 하는 겁니까!"

오베론이 고함을 지르며 바템믹스의 뒤를 따라오고 있었다. 적진에서 혼자 고립되어 죽어 갈 파이톤의 모습을 도저히 두고 볼 수가 없었던 것이다.

"죽기 딱 좋은 날이네."

파이톤은 즐겁다는 듯이 씩 웃었다. 그리고 큰 소리로 외쳤다.

"평소에 누군가에게 등을 맡기고 싸워 본 적이 드물어서!"

"......!"

오베론은 그게 무슨 미친 소리냐고 따지려 했지만 이어서 보이는 모습에 말을 삼켰다.

"갈기갈기 잘라 주마."

바템믹스는 주위의 몬스터와 용아병에 아랑곳하지 않고 장병기인 할버드를 휘둘렀다.

파이톤을 향한 공격이었지만, 적들에게 더 많은 피해를 입혔다.

바넴믹스와의 전투로 삼분의 일에 달하는 적들이 죽거나 밀려나고 있었다.

오베론의 눈이 빛을 발했다.

'일부러 끌어들인 것이구나.'

오히려 적진인데도 훨씬 편해 보이기도 했다.

바넴믹스의 공격을 일방적으로 받아 내는 건 마찬가지였지만, 아군 때문에 피하지도 못하던 상황과는 다르다.

할버드의 공격 범위에 있던 몬스터와 용아병이 함께 나가떨어지고 있으니 최소한 마음 놓고 움직일 반경은 마련되었다.

주위에 동료는 없다.

위기에 빠지면 그대로 죽을 테고, 몬스터와 용아병을 등 뒤에 두어야 하지만 그러면 또 어떠한가.

"진짜 터무니없이 위험한 짓인데……."

오베론은 딱 마음에 들었다.

간신히 버텨 오던 드워프들이 받는 부담은 훨씬 줄어들 테니까.

'잠깐만 숨 돌릴 여유가 생겨도 정말 몇 분은 더 버틴다.'

느닷없이 빛이 번쩍번쩍하며 사제들의 치유 마법이 파이톤과 오베론에게 집중되었다.

－빛의 정화로 인해 신체의 이상 현상이 회복됩니다.

-치유의 손길이 당신을 어루만져 줍니다.
　잃어버린 생명력이 4,950 회복됩니다.

-바다 거북이의 등껍질 효과가 적용되었습니다.
　피부가 단단해지며 방어력이 강화됩니다.

-오소리의 날개 효과가 부여되어…….

-여행자의 기원이 적용되었습니다.
　단단한 하체!
　정신이 맑아집니다.

　생명력과 체력, 마나를 최대로 회복시켜 주고, 전투력을
증강시켜 주는 열 종류가 넘는 축복이 집중되었다.

　슈슈숙!

　등 뒤에서 들려오는 바람 소리에 오베론의 가슴이 서늘해
졌다.

　퍼버벅!

　하지만 그것들은 오베론을 스치듯이 지나가서 바뎀믹스의
가슴에 꽂혔다.

　다섯 발의 화살.

　화살촉을 흑요석으로 만들어서 몬스터를 꿰뚫는 효과를
가진 특수한 화살이었다.

파이톤이 다시 씩 웃었다.

"페일 님이다. 역시 내 생각을 읽고 지원을 해 주겠다는 표시로군."

"크오오오오오!"

바넴믹스가 할버드를 높이 쳐들며 고함을 질렀다.

충격파가 좌중을 휩쓸었지만 오베론은 웃었다.

"위드 님의 동료분들, 이제야 알게 된 게 너무나도 아쉬울 정도로 마음에 드네."

뚫리느냐, 막느냐.

너무나도 치열한 전투가 펼쳐지고 있었다.

위드는 나이드와 함께 레어를 샅샅이 수색했다.

"이쪽은?"

"여긴 없어요!"

"확실히 찾아봐! 시간이 없다고!"

좌르르!

드워프들이 루비나 사파이어 같은 보석들을 모래를 넣듯이 자루에 넣었다.

쨍그랑!

금화는 발에 차일 정도로 많아 더 이상 누구도 관심을 쏟지 않았다.

옛 니플하임 제국이나 켈튼 왕국의 100골드짜리 금화라고 해도 관심이 없는 상태!

위드에게 바웰 성에 있는 건축가 바죠의 귓속말이 들어왔다.

-희소식입니다. 케이베른이 바웰 성을 떠나지 않고 있습니다.

"왜요?"

-드래곤의 오만함 때문인 것 같습니다. 부수기로 했으니 끝까지 부수는 거죠.

케이베른은 자신의 레어에 침입자가 있다는 사실을 알게 되었다. 그럼에도 서둘러 돌아가지 않았다.

바웰 성을 파괴하기로 했으니, 그것은 반드시 이뤄 보이리라는 드래곤의 자만심!

"역시 악당은 자만하다가 무너지는 거였어."

케이베른이 당장 돌아올 줄 알고 조급했던 위드에게 한결 여유가 생겼다.

빈집 털이를 하다가 경찰에게 쫓기는 와중에 자판기 커피를 뽑아 마시는, 한 잔의 여유라고 할까.

위드는 큰 소리로 외쳤다.

"집중해서 챙깁시다! 바로 지금 이 순간입니다!"

희생의 화로를 찾기 위해 눈동자를 빠르게 움직이면서도

손은 멈추지 않았다.

하루나가 마법 함정을 해제한 보물 더미가 제법 늘어나 있었다.

오늘만을 위해 살아온 사람처럼 보물을 감정하고, 10만 골드가 넘는 것들은 즉시 챙긴다.

'아만타의 방패. 현재 시세 27만 8천 골드. 재질에 백금이 5% 포함. 명성 증가 효과로 4만은 더 받겠군. 펠샨의 마법 부여가 되어 있으니 여기에 3만 골드가 추가될 테고, 적절한 바가지까지 씌우면…….'

세계적인 수학자들의 계산 능력을 따라가진 못하지만, 시세 파악에 있어서만큼은 누구에게도 지지 않았다.

샤샤샥.

스스슥.

위드가 지나갈 때마다 좋은 보물들이 사라진다.

모든 것이 불안하고 조급한 와중이었지만, 드워프들도 이상한 분위기에 휩쓸린 상태였다.

'챙기자.'

'먹고 죽자.'

'지금을 위해서 살았다.'

탐욕과 한탕주의의 리더십!

드워프들은 점점 이성을 잃고 보물을 담고 있었다.

'쾅!' 하고 폭발음이 바로 옆에서 터져도 꿈쩍도 하지 않고 보물을 담는다.

1분 1초가 아쉬운 상황이었다.

바웰 성의 방대한 건축물들로 시간을 벌긴 했다지만 결코 여유롭진 않았으니까.

"위드 님, 이쪽에서 문을 찾았습니다!"

드워프 빈델이 레어 구석에 있는 작은 문을 발견했다. 정화의 횃불에 의해 환영 마법이 풀리자 벽이 일렁이더니 문의 형태가 드러난 것이다.

"비밀 문?"

위드와 나이드, 하루나는 빠르게 달려 빈델의 옆으로 왔다.

"마법으로 잠겨 있는데, 지금 해제할게요."

"빨리해요."

"예, 서두르고 있어요. 시간이 필요…….."

"빨리하라니까요. 어서요, 어서!"

"……."

마침내 문에 걸려 있던 마법이 해제되자 저절로 스르륵 열렸다.

그 너머에 있는 건 또 다른 엄청난 보물들!

"통로에도 마법 함정이 있습니다. 빨리 마법을 해제할 테니…….."

어느새 하루나의 옆에 모여든 드워프들의 눈빛이 진지해졌다.

그들은 보물을 눈으로 실컷 본 상태였다.

이번 빈집 털이를 하다가 죽으면 추가 보상으로 보물이 2 개씩 더 주어진다는 사실이 떠올랐다.

"시간을 아끼기 위해 이 통로는 제가 돌파하겠습니다."

"아니, 그럴 필요 없……."

콰지직! 콰과광!

드워프들이 거침없이 마법 함정에 몸을 부딪치자 레어가 진동으로 마구 흔들렸다.

"……."

하루나는 말을 잃었다.

통로의 마법 함정은 강제로 발동되면서 차례대로 해제되었고, 드워프들은 40명이 넘게 죽었다.

"아이고, 아이고, 아파라……."

"살아 버렸네. 그냥 죽었어야 했는데. 이 모진 목숨 보소."

"큭, 방어구를 벗고 들어갔으면 확실히 죽었을 텐데."

드워프 자해 공갈단!

부상을 입은 드워프들은 죽지 못해 괴로워했다.

레어의 입구에서 싸우는 드워프들은 페일에게 철수를 권하기도 했었다. 그러나 이곳에 있는 드워프들은 달랐다.

위드의 곁에서 자신도 모르게 분위기에 휩쓸려 있었다.

잔뜩 들떠 있고, 몸을 사릴 줄을 모른다.

조금만 더 잘하면 일확천금을 손에 쥐고 평생 부귀영화를 누릴 수 있을 것 같은 착각!

　몬스터들의 진입에 시간을 아끼기 위한 목적도 있었지만, 사리사욕이 없었다면 불가능한 돌파였다.

　자본주의가 낳은 드워프들이 우르르 보물로 달려갔다.

　"위드 님! 여기 화로가 있습니다. 근데… 이건 희생의 화로는 아니네요. 그래도 이쪽에 있을 것 같습니다."

　대장장이, 재봉사, 농부 용품들이 마구잡이로 쌓여 있었다.

　번쩍거리는 큰 보석들도 섞여 있었지만, 굉장한 물품들이 많았다.

　"락티샤의 쟁기? 대자연의 정기가 깃들어서 수확량을 3배로 해 주고, 특상의 농작물들을 만들어 내는 조건을 달성해 준다고 하네요. 추가 생명력도 무려 10만이 붙었는데요?"

　"구름의 물뿌리개도 보세요. 높은 확률로 비를 내리게 하고, 땅을 비옥하게 만든다는데."

　유독 농사와 관련된 장비가 많았다.

　마법 물품 중에서도 농사 장비는 극히 드물다. 이런 것들이 진정 초대박에 속했다.

　"챙깁시다!"

　위드와 드워프들이 장비들을 마구 수레에 실었다.

　생산 계열 물품들은 그 어떤 것이든 귀했고 원하는 이들이 많았다.

　더구나 이곳에 있는 보물들은 따로 마법 함정이 설치되지 않아서 닥치는 대로 쓸어 담을 수 있었다.

이삿짐, 택배 업체에서 근무하며 얻은 노하우를 활용하며 수레에 차곡차곡 쌓았다.

"움직여!"

"동선 확보 확실히 하고."

보물이 모이면 드워프 2명이 수레를 밀면서 전력 질주로 뛰어갔다.

기계처럼 움직이며 빼돌리는 보물들.

"위드 님, 여기 희생의 화로입니다!"

드디어 희생의 화로도 찾아냈다.

위드가 소리친 드워프에게 달려가 보니 2.5미터 크기의 녹슨 화로가 있었다.

고물상 구석에서 눈과 비를 5년은 맞았을 것 같은 허술한 모습에, 당연히 볼품도 없었다.

"이렇게나 금세 찾아질 화로였다니… 감정!"

---

**희생의 화로**

드워프 종족의 사라진 보물.

전설적인 대장장이 물품.

높은 열을 발생시켜 광물의 불순물을 완벽하게 제거할 수 있다.

여러 종류의 특수 금속을 조합하여 초고강도의 합금 제조 가능.

대형 무기를 제작할 수 있다.

최고의 드워프들만이 화로를 다룰 기회를 얻을 수 있었을 정도로 영광을

---

간직한 보물.

드워프들에게 돌려준다면 그들은 최고의 예우와 존중으로 그대를 대할 것이다.

한편으로는 이 화로에는 불가사의한 전설이 내려오는데, 본인의 생명력과 레벨을 태움으로써 힘을 얻을 수 있다는 것.

최대 10% 제한.

화로에 담은 생명력과 레벨은 영원히 타 버리게 되지만 그 대가로 한순간이지만 오롯이 빛나게 되리라.

**생산 제한 :** 대장장이 고급 7레벨 이상.

드워프 전용.

**옵션 :** 대장장이 스킬의 효과 79% 상승.

지극한 불의 기운을 집중시켜 뛰어난 명품이 제작될 확률을 4배로 높임.

높은 내구도와 결함이 적은 물품을 생산.

희생의 화로에 불을 지피고 생명력과 레벨을 태우면 그 10배의 힘을 얻게 됨.

"이것이 희생의 화로구나!"

위드가 알고 있던 그대로의 능력이었다.

'이걸 가져가기만 하면 드워프 종족 퀘스트는 성공이다. 과연 탐나는 물건이야.'

모라타나 대지의 궁전에 설치해 놓는다면 드워프들 사이에서 떠들썩할 것이다. 대장장이 스킬을 연마하는 장인들도 전부 몰려올 것이다.

'어쨌든 이건 나중에 생각할 문제고… 10배의 생명력과 레벨이라.'

오베론에게 들었던 내용이 정확히 맞았다.

10%의 제한이라면 간단히 계산해도 레벨 500대의 유저라면 50개의 레벨을 태울 수 있다.

'뭐, 많이 태운다고 좋은 것도 아니긴 하지. 솔직히 50개의 레벨만 하더라도 매우 끔찍한 수준이야.'

레벨을 올릴수록 성장 속도가 더 느려진다.

위드의 경우에는 초반에 극악의 성장 속도를 자랑하는 조각사로 시작해서 마스터를 하고, 네크로맨서에도 한 발 걸쳤다.

그렇기에 남들보다 2배 이상 빨리 성장할 자신이 있다고 해도, 50개의 레벨은 엄청난 희생이었다.

로열 로드의 최상위권 랭커들이 희생의 화로를 쓴다면 레벨이 꽤 높은 수준으로 추락해 버리고 마는 것이다.

'퀘스트를 성공해서 좋긴 한데… 이건 정말 끔찍한 악마의 물건이군.'

위드는 드워프들과 함께 희생의 화로를 챙기기로 했다.

"어서 와요, 취췻!"

"형수님께 인사드립니다!"

검둘치는 50명의 수련생들을 데리고 오크 랜드에 도착했다.

먼 곳에 있던 그들이 빨리 올 수 있었던 이유는 유린의 그림 이동술 덕분이었다.

"고맙다, 유린아."

"뭘요. 오빠들을 그리는 건 쉽거든요."

"우리가 선이 좀 굵은 편이지."

"헤어스타일도 똑같고 비슷한 근육질 체형이라 눈, 코, 입만 각도를 조금씩 조절하면 되니까요."

"……."

검둘치나 수련생들끼리는 서로 잘 알아보지만, 다른 사람들에게는 10명만 뭉쳐 있어도 숨은그림찾기가 되어 버리는 현실!

살짝 기분이 나쁠 수도 있었지만 그들은 기뻐하며 웃었다.

백번 욕을 해도, 오빠라고 불러 주는 것만으로도 고마워서 눈물이 났다.

왜냐하면 그들 중에는 10대 중반부터 아저씨 소리를 들어온 이들이 절반을 넘었기에.

"저도 따라다녀도 돼요?"

"그럼, 얼마든지."

유린은 오크 랜드까지 온 김에 함께 돌아다녀 보기로 했다.

"드래곤, 취췻. 무언가 찾는 것 같아요, 췻!"

세에취는 부서진 오크 마을들을 안내하며 검둘치와 수련

생들에게 상황을 알려 주었다.

"확실히 수상해."

"그래. 드래곤이 일일이 뒤져 볼 성격이 아닌데 말이지."

검둘치와 수련생들은 오크 마을을 돌아다니며 심각한 표정을 지었지만, 사실은 별생각 없었다.

'배고프네. 밥은 언제 먹지?'

'이 부근에 강한 몬스터나 있었으면 좋겠다. 몸이 찌뿌둥하네.'

'뭔가 아는 척, 고민하는 척 해야지. 전혀 모르겠지만 말이야.'

그냥 생각하는 척!

세에취는 돌아다닌 지 한참 후에야 이상한 느낌을 받았다.

'어떻게 하지? 더 자세히 알아봐야 할 것 같은데.'

우선은 부서진 오크 마을을 더 돌아다녀 보기로 했다.

레드 드래곤 랜도니는 케이베른처럼 일주일에 하나씩 파괴하지 않는다.

그저 여기저기 돌아다니며 오크 부락이나 성채를 부수고 있을 뿐이었다.

번식력이 강한 오크들은 또 다른 곳에 서식지를 마련하고 있었다.

'드래곤이 오크들의 숫자를 줄여 균형을 유지한다?'

그런 추리도 해 봤지만, 이내 아니라는 생각이 들었다.

'레드 드래곤은 블랙 드래곤 이상으로 포악한 존재로 알려졌어. 그린 드래곤처럼 평화나 자연을 수호하지 않아. 파괴, 살육을 좋아하는 드래곤이야.'

좀 더 자세히 알아볼 필요가 있었다.

"랜도니를 따라가요, 췻!"

결국, 랜도니의 이동 경로를 고스란히 따라다니며 정보를 얻기로 했다.

# 드워프들의 꿈

블랙 드래곤 케이베른에 의해 바욀 성이 완벽하게 파괴되었다.

영주성과 도시가 검은 연기를 내뿜으며 무너졌지만 그 너머에는 끝을 모를 거대한 주택가가 건설되어 있었다.

건축가들이 제대로 작정하고 만든 날림 도시!

-크오오오!

케이베른이 포효하며 하늘을 낮게 날았다.

대충 지은 건물들이 바람에 휘말려서 쓰러졌지만, 그럼에도 불구하고 아주아주 넓은 주택가!

"대충 하지 뭐."

"어… 뭐, 너무 열심히 하지 않아도 돼. 놀면서 해, 놀면서."

"발로 짓자고. 쓰레기 더미도 치우지 마. 그걸로도 대충 지어, 대충."

뒷일은 케이베른에게 맡기고 건축가들은 집을 지었다.

일반 유저들도 덩달아 조금씩 힘을 보탰고, 바웰 성의 6배나 되는 면적의 주택지가 완성되었다.

평원을 넘어서 숲과 산에도 건물들이 지어져 있었다.

ㅡ부서져라!

케이베른은 넓은 땅에 지진을 일으켰다.

대지가 춤을 추듯이 흔들리자 폭삭 무너지는 건물들. 한꺼번에 수천 채의 건물들이 파괴되었다.

하지만 열 채, 스무 채가 한 번에 무너지다 보면 운 좋은 건물들은 서로 걸쳐서 남아 있는 경우가 있었다.

거기에 건축가들은 독창적인 아이디어를 냈다.

"케이베른은 마법으로 부수거나 태우거나 하잖아."

"어, 그렇지."

"건물의 내구도를 올려서는 버틸 수가 없어. 그런 유의 승부는 가능성이 없지. 아주 잘 지은 석조 건물이나 왕궁이라도 그대로 파괴되어 버리니까."

중앙 대륙에서 최고의 건축물로 꼽혔던 아렌 성만 하더라도 버티지 못했다.

성의 꼭대기에 내려앉아 포효하던 케이베른!

무거운 무게를 견디지 못해서 무너지고, 마법 공격에 의해서도 박살이 났다.

"구조를 바꾸면 지진은 해결할 방법이 있어."

건축가들은 주택을 둥근 형태로 지었다.

벽과 천장만이 아니라 바닥까지 둥글게 해서, 지진이 발생해도 굴러다니도록 만들었다.

"사람은 살지 않으니까, 만들어 낼 수 있는 구조가 완전 자유로운데."

"그래, 버티기만 하면 되지. 우린 시간을 버는 게 목적이니 말이야."

심지어 이런 집들은 주택단지에 겹치지 않고 띄엄띄엄 지어 놓았다.

"석재 건물도 한두 채씩 짓자."

"시간이 걸릴 텐데?"

"화염 마법에도 견뎌 줘야지. 직접 강타당하는 건 어쩔 수 없어도, 비껴 맞으면 버텨 줄 거야."

주택단지마다 한 가지의 넓은 범위 공격 마법에 단번에 부서지는 일을 방지하고 케이베른이 서너 번씩 손을 쓰게 만들었다.

"드래곤이 아주 귀찮겠어."

"어. 제대로 짜증 나겠다."

화염 저항을 높이기 위해, 케이베른이 오기 직전까지 성수를 가져다가 뿌리기도 했다.

그렇게 지은 건물은 전체의 백분의 일도 되지 않았지만 중간중간마다 심어 놓아서 시간을 끄는 역할을 톡톡히 했다.

　케이베른이 대규모 마법을 퍼부으며 도시 전체를 파괴하고 있었지만 그럼에도 여기저기에 한 채씩은 살아남아 있었다.

　파보와 건축가들은 먼 곳에서 도시가 파괴되는 걸 보며 회심의 미소를 지었다.

　"시간 제대로 끌어 주네!"

　"그러게 말입니다. 다른 지역들보다 3배는 더 오래 버티는 것 같습니다."

　건축가들은 자신들의 업적에 뿌듯함을 느꼈다.

　날림, 부실 공사로 드래곤의 발목을 잡아 주다니!

　정식으로 진행한 퀘스트는 아니지만, 방송을 보는 시청자들은 자신들의 공로를 알아주리라.

　케이베른은 주택지를 날아다니면서 마법이나 육체의 힘으로 건물을 일일이 부쉈다.

　절망과 공포를 안겨 주는 블랙 드래곤임에도 불구하고 어딘지 모르게 귀찮고 힘들어 보이는 느낌!

　그렇게 바웰 성과 함께 드넓은 영역에 걸쳐진 도시가 부서지고 불타고 잔해로만 남게 되었다.

---

**드래곤의 복수**

악룡 케이베른은 인간들의 문명을 파괴하기 위해 움직이고 있다.

다음은 브렌트 왕국의 옛 수도인 네할레스가 목표였다.

"드디어 부쉈다."

"저걸 다 파괴하긴 하는구나. 그래도 생각보단 빨리 끝났다."

"잔해가 끝이 없네."

건축가들과 숨어 있던 유저들은 바웰 성과 주택들이 전부 사라진 걸 보며 아쉬워했다.

더 오래 시간을 끌 수 있었으면 좋았겠지만, 드래곤의 마법 공격은 끝내는 감당할 수 없는 것.

케이베른은 두 날개를 활짝 펼친 채 하늘로 날아올랐다.

지상이 까마득하게 보일 정도로 높은 곳에 올라간 드래곤은 주둥이를 쩍 벌리며 포효했다.

-쿠우와아아악!

드래곤 피어!

하늘에서 자신의 존재감을 과시하는 케이베른이었다.

그 모습을 본 미헬이 보고했다.

-위드 님! 케이베른이 이제 레어로 출발할 것 같습니다.

파이톤과 오베론은 용아병의 대장인 바뎀믹스를 막고 있었지만, 힘을 위주로 한 공세가 만만치가 않았다.

특히 워리어인 오베론은 할버드를 막아 낼 때마다 방패가 깨질 듯한 충격과 함께 벽까지 튕겨 나갔다.

"커으윽!"

드래곤의 마법에 의해 강화된 용아병. 바뎀믹스가 오베론에게 무시무시한 힘으로 돌진해 들어왔다.

"안 돼!"

오베론은 파이톤이 고함을 지르면서 바뎀믹스의 뒤에서 달려오는 걸 보았다.

한발 늦다. 그건 결국 치명적인 결과로 이어지게 되리라.

"방패 도약."

오베론은 막다른 구석에서 방패로 땅을 찍고 위로 솟구쳤다.

쿠우웅!

바뎀믹스가 벽을 산산조각 내는 것이 보였다. 얼마나 큰 충격인지, 부근의 용아병들이 튕겨 나가고 땅까지 흔들렸다.

"조, 조그만 드워…프, 이젠 죽어라!"

오베론은 천장에 매달려 간신히 위기를 벗어났지만 또 다른 위기에 몰렸다.

"작은 친구, 아주 맛있는 먹이로군."

으스스한 목소리가 목덜미 근처에서 들려온 것이다.

'즐탄!'

드래곤 레어를 지키는 암살자의 등장.

오베론은 암살자에 대해서는 알고만 있었다.

선두를 지키는 워리어로서 천적과도 같은 존재지만, 어쩔 수 없을 때는 동료들을 믿고 신경을 끄는 편이 나았다.

"그 작은 몸을 잘라 주지."

샤아아!

허공에서 낫이 나타나 바람을 가르며 날아들었다.

천장에 매달려 있는 상태에서, 아래에는 바뎀믹스와 우글 거리는 용아병들, 옆에는 암살자 즐탄!

"방어의 열광!"

오베론은 스킬을 발동시키며 몸으로 맞아 주는 수밖에 없 다고 생각했다.

천장에서 몇 초라도 더 버티면 그만큼 바뎀믹스와 즐탄의 시간을 끌 수 있을 테니까.

'이것이 내가 할 수 있는 최선……'

샤아아앗.

샤아악!

오베론의 몸을 낫이 가르고 지나가면서 생명력이 순식간 에 감소했다.

－치명적인 일격!

－결정적 일격!
　방어의 열광이 강제 취소되었습니다.

－목숨이 위태롭습니다…….

－전투 불능 상태에 빠져들었습니다.

　방어 스킬을 발동시킨 채 고작 세 번의 공격을 허용했을
뿐인데 위험해지는 상태.
　연속으로 낫을 휘두르는 즐탄의 몸이 잠깐이나마 나타났
다. 뼈로 만든 가면을 쓴 살벌한 존재였다.

－전율적인 공포에 몸이 굳습니다.

　암살 계열의 보스 몬스터답게 위압감마저 심어 줬다.
　'굳이 저게 아니더라도 살긴 틀렸는데…….'
　그 순간, 오베론은 즐탄의 뒤에 웬 그림자가 일렁이는 것
을 보았다.
　'착각인가? 아니면 스킬?'
　그림자가 쭉 늘어나더니, 단검을 손에 쥐었다. 그러고는
즐탄의 목덜미를 그대로 찌른다!
　"감히!"

즐탄이 큰 피해를 입고 뒤로 물러났다.

그림자는 그대로 사람의 모습으로 변해 아래로 떨어지려는 오베론의 옆구리를 붙잡았다.

"늦었죠? 죄송합니다. 이놈이 워낙 신출귀몰해서… 따라오느라 시간이 걸렸습니다."

검은 로브를 쓰긴 했지만 깔끔하게 생긴 사내였다.

오베론은 짚이는 이가 있어서 입을 열었다.

"혹시 당신도 위드 님의 동료…….."

"네, 저도 암살자입니다."

마치 그다음에 이어지는 단어를 막으려는 듯한 빠른 말투.

"양념…….."

"커험, 살아 나가는 것만 생각합시다."

오베론은 전투 불능 상태로 적진에 고립되어 살긴 틀렸다고 생각했다.

"저는 놔두고 혼자라도 빠져나가십시오."

"그러지 않겠습니다. 살 수 있는데, 버릴 수는 없으니까요."

"도저히 무리…….."

퍼퍼펑!

그때 정확히 날아와 폭발하는 연막 화살이 있었다.

"지금입니다! 갑시다!"

양념계장은 오베론을 옆구리에 단 채로 천장을 박차고 벽을 밟으며 달렸다.

뒤따라 작렬하는 용아병들의 공격을 피해 가며 무서운 속도로 내달리는 양념게장!

"정말 잘 피하십니다!"

"네! 그래야죠! 전 오베론 님과는 달리 암살자라서 몇 대만 맞으면 금방 죽습니다."

"그런…….."

안전지대로 돌아가기 위해서는 바뎀믹스를 반드시 스쳐 지나가야 한다.

"될까요?"

"되게 해야죠. 될 겁니다, 아마!"

"분쇄 가르기!"

바뎀믹스가 할버드를 공중에서 붕붕 돌렸다.

피할 장소도 없는 와중에 끔찍하기 짝이 없는 공격을 준비하고 있었다.

푸슈슈슉!

그때를 맞춰서 무려 쉰 발이 넘는 화살이 한꺼번에 빗발치듯이 날아왔다.

폭발하고, 얼리고, 바람을 일으키고.

다양한 종류의 마법 화살들이 연쇄 반응을 일으키면서 바뎀믹스를 붙잡았다.

양념게장은 바뎀믹스를 아슬아슬하게 스치듯이 지나쳤다.

"막앗!"

"오베론 님을 지켜요!"

레어 안쪽으로 들어오자 드워프 전사들이 달려들어서 방패로 겹겹이 막아섰다. 얼룩지고 구겨진 갑옷을 입은 드워프들이지만, 필사적이었다.

"용아병들은 내버려 두고 마법사들부터 쏴요!"

페일은 궁수들과 함께 전투를 계속 지휘하고 있었다.

레어의 입구에서는 용아병과 몬스터가 끊임없이 비집고 들어오고 있었다. 그 너머에는 마법을 발휘하는 지배자급들이 몰려들고 있다.

울타 산맥에 있는 던전의 보스 몬스터들.

"복종하라! 이것이 케이베른 님의 뜻이다!"

바뎀믹스가 다시 드워프들에게 덤벼들며 약한 드래곤 피어를 터트렸다.

가까이 있던 드워프들은 순간적으로 기절 상태에 빠졌다.

"다친 이들이 피할 수 있도록 더 달라붙으십시오!"

오베론은 사제들의 치유 마법으로 생명력을 회복했다. 완전히 낫지 않은 다리를 질질 끌면서도 바뎀믹스에게 달려가려고 할 때였다.


**날쌘 찬바람** : 상황이 점점 안 좋습니다. 울타 산맥의 몬스터들이 집결하고 있습니다. 던전마다 몬스터들이 튀어나와요. 레어 밖은 진짜 장관이에요. 나무들이 쓰러지고 있고… 몬스터들이 가득

밀려왔습니다.

통신 채널로 조인족 유저가 소식을 전달했다.

바덴믹스의 부름에 응답한 몬스터들이 끝없이 모여들고 있다고 한다.

"이런 공격이 계속된다면 막을 수가……."

그때, 오베론의 눈에 위드가 드워프들과 함께 희생의 화로를 끌고 오는 것이 보였다.

"위드 님!"

오베론은 부서지고 깨진 갑옷을 입은 채로 땅을 구르듯이 달렸다.

드래곤 레어의 수많은 보물들도 이 순간에는 제대로 눈에 들어오지 않았다.

"희생의 화로를 드디어 찾으신 겁니까?"

"그렇습니다."

"상황이 급하니 한번 써 봐도 될까요?"

"쓴다고요? 이걸요?"

"예, 그래야만 놈들을 막을 수 있을 것 같습니다."

오베론은 드워프였던 만큼 당연하게도 화로를 다뤄 본 경험이 많았다.

주변의 빈 수레를 부숴 나무를 화로에 던져 넣고 불을 피웠다.

금세 활활 타오르는 선명한 불길!

드워프의 보물인 만큼 화력이 이만저만이 아니었다.

"희생의 화로여, 내 레벨 30개와 생명력 5,000을 태울 테니 힘을 다오!"

거세게 타오르던 희생의 화로의 불길이 오베론에게 옮겨갔다.

드워프의 몸 전체가 불길 속에 갇힌 것처럼 보였지만 굉장한 힘이 전달되고 있었다.

불 속에서 철이 달궈지는 것처럼, 오베론의 몸이 붉게 변했다.

"희생의 화로. 전설이 사실이로군요. 그럼 다시 싸우러 가보겠습니다. 제게 맡기고 철수하십시오."

오베론은 바뎀믹스를 막기 위해 달려갔다.

"으랴아아아합!"

무려 800대의 레벨에, 늘어난 5만의 최대 생명력!

"강철의 분노!"

적의 강함에 따라 일시적으로 공격력이 3배까지 증가한다.

"가라!"

오베론은 도끼와 방패를 번갈아 휘두르며 용아병의 대장

인 바뎀믹스를 막아 냈다.

몸으로 돌진하고, 방패로 밀치며 돌진하는 워리어 특유의 전술!

공격력을 강화하긴 했지만 방어력으로 압도하며 밀어붙였다.

오베론이 전사의 함성을 터트렸다.

"지금부터 바뎀믹스는 제가 책임지겠습니다! 모두 입구를 지키세요!"

기진맥진해 있던 드워프 워리어들과 전사들은 그 틈에 몸에 붕대를 감고 약초를 발랐다. 이어 사제들의 치유 마법으로 생명력을 회복하고 다시 전투에 뛰어들었다.

레어의 입구는 전투의 열기가 뜨겁게 지배하고 있었다.

"희생의 화로를 이렇게 쉽게 쓰다니……."

위드는 오베론의 희생정신에 깜짝 놀랐다.

레벨이 500대는 넘었을 텐데, 용아병들을 막고 동료들을 지키기 위해 망설이지 않고 써 버린 것이다.

"저도 실례하겠습니다."

잠깐 눈이 먼 드워프들이 달려와서 연달아 희생의 화로를 작동시켰다.

오베론처럼 과감하진 못했지만 레벨을 10개, 20개씩 바치고 한층 강해져서 전장으로 돌아갔다.

그들이 발휘하는 전투력은 놀라운 수준이었다.

비록 잠깐 동안이라고는 하지만 베르사 대륙 최강의 유저가 되어 활약할 수 있었다.

"다 덤벼라, 도마뱀 새끼들아!"

"전부 죽이고 훔쳐 가자, 크하하하핫!"

드워프 30명 정도가 희생의 화로를 작동시키니 용아병들의 전진도 쉽게 막아 낼 지경이었다.

즐탄과 스몰링이 마법을 터트렸지만 통로가 너무 좁았다.

병력이 밀집해 있어 암살이 쉽지 않았고, 시원하게 광범위 마법 공격을 벌이기에도 용아병들이 장애가 되었다.

-위드 님! 케이베른이 이제 레어로 출발할 것 같습니다.

드워프들이 막아 내며 간신히 한숨을 돌리나 싶었는데, 케이베른이 돌아온단다.

"정말 잠시도 쉴 틈이 없군."

위드는 이것이 시간과의 싸움임을 다시 한번 느꼈다.

레어에서 보물을 빼돌렸더라도 안전 지역까지 도망치지 못한다면 쫓기고 말 것이다.

"희생의 화로는 확실히 챙겨야 해. 넌 이것만 가지고 먼저 레어를 빠져나가라."

"예, 형."

위드는 나이드에게 희생의 화로를 맡겼다. 드워프 4명이 수레를 함께 끌면서 광산으로 빠져나갔다.

"시간이 모자라. 용아병에게 들키지 않았더라면 더 많이 챙길 수 있었을 텐데……."

위드가 아쉬운 눈으로 레어를 둘러보았다.

드래곤의 레어 내부를 제대로 알고 있던 유저는 아무도 없었다. 위드도 지난번에 입구 근처를 기웃거린 정도에 그쳤다.

'그렇게 준비했는데도 완벽하지 않았어.'

레어의 보물을 통째로 옮겨 갈 생각을 했지만, 생각보다 금이 너무나도 많았다.

온통 널려 있는 찬란한 황금 덩어리!

큼지막한 금괴들이 걸리적거려서 보물들을 잘 살피지 못하는 날이 올 줄이야.

옛 왕국들이 남긴 유산, 골동품, 세공품은 크기가 너무 커서 수레로 옮기기가 어려웠다.

그럼에도 시간만 주어졌다면 남김없이 가져갔겠지만, 아직 살펴보지도 못한 보물이 많이 있었다.

"모두 철수!"

위드는 사자후를 터트렸다.

철수라는 단어가 레어의 내부에서 끝없이 메아리쳤다.

"빠져나가자!"

"위드 님의 명령이다. 어서 가자고!"

보물을 잔뜩 챙기던 드워프들은 수레를 밀며 광산으로 빠져나갔다.

"부상자들도 어서 움직여요!"

용아병들을 막느라 생명력이 떨어져 뒤로 빠져 있던 유저들도 보물이 담긴 수레를 끌었다.

보물 앞에서는 없던 힘도 새로 솟아나기 마련.

"이놈들! 케이베른 님의 물건을 훔치고는 절대로 빠져나갈 수 없다!"

바넴믹스가 할버드를 휘두르며 더욱 거칠게 발광했지만, 오베론이 방패를 휘두르며 근접전으로 막아 냈다.

"모두 철수한다. 뒤는 저희가 책임집니다!"

위드는 오베론의 말에도 불구하고 레어를 빠져나가지 못했다.

멍하니 서서 그저 드워프들만 바라볼 뿐!

"위드 님! 저희는 걱정하지 마시고 먼저 가셔야 됩니다. 어서요! 그래야 그다음에 우리가 빠져나갑니다!"

오베론이 고함을 질렀다.

페일이나 타격대의 유저들도 서둘러 철수를 준비했고, 그만큼 용아병들이 더 크게 난동을 부려 대고 있었다.

드워프 빈델이 배낭을 두둑하게 챙겨서 달려왔다.

"가야 됩니다, 위드 님."

"……"

"저 사람들은 걱정하지 마세요. 철수 작전만 수십 번 연습했습니다. 마법 스크롤도 준비해 놓았고요. 어서요!"

위드는 어쩔 수 없이 쓸쓸하게 돌아서야 했다.

"끄으응!"

느릿느으리리릿.

힘과 민첩의 한계를 초과하는 짐을 든 채로!

"끙차!"

레어와 연결된 갱도의 입구도 간신히 통과하고, 로아의 명검을 지팡이 삼아 걸었다.

"가지 마라! 이대로 보낼 수 없다!"

뒤에서는 오베론과 드워프들이 물러나면서 바템믹스와 용아병들을 적절히 막아 내고 있었다.

갱도가 좁았기 때문에 중형급 몬스터들은 입구를 통과하지 못했다.

느릿느릿…….

위드는 욕망과 미련을 듬뿍 남겨 놓은 채 걸었다.

"휴우."

한 걸음 멀어질 때마다 짙어지는 아쉬움.

보물이 가득한 곳으로 다시 돌아가고 싶지만, 애석하게도 그럴 수가 없다.

"저리 꺼져라!"

최후방을 책임진 오베론은 도끼를 휘둘러서 용아병들을

견제했다.

희생의 화로를 쓰지 않았다면 버티기 어려웠겠지만, 지금 드워프 전사들은 훌륭하게 제 역할을 하고 있었다.

오베론이 바뎀믹스를 밀어내고 외쳤다.

"무너뜨리세요!"

레어와 연결된 광산의 출구!

드워프 건축가들은 빈집 털이에 참여하지 않고 다양한 함정을 설치해 놓았다.

추격자들에게 쫓기는 상황을 고려한 것으로, 지금이 바로 그 함정을 써야 할 때였다.

쿠르르릉!

오베론이 통과한 직후에 천장이 일제히 무너지면서 용아병들을 뒤덮었다. 지독하게 강하던 바뎀믹스도 갱도를 채운 돌무더기 아래로 사라졌다.

막혀 버린 길의 끝을 보며 드워프 전사와 워리어는 몸에 힘이 쭉 빠졌다.

"아, 드디어 끝났어……."

"지독하게 힘든 전투였다."

"후아, 재밌었네. 다들 집중하자고. 천장을 무너뜨렸고 함정도 설치되어 있지만, 용아병들이 곧 쫓아올 테니. 어서 빠져나가야지."

드워프들은 지친 상태에서도 몸을 휘청거리면서 달려갔다.

오베론은 땀에 흠뻑 젖어서 위드에게 다가왔다.

"위드 님, 같이 가시죠."

"고생하셨습니다."

"별로요. 그보다 짐이 무거운 거 같은데 제가 좀 들어 드릴까요?"

"안 돼요."

"예?"

"절대 안 됩니다."

"……."

오베론이 엄청난 전공을 세운 건 인정하지만 그렇다고 배낭을 맡길 정도는 아니었다.

'먹튀'란 믿고 있을 때 발생하는 법!

"위드 님, 이렇게 어려운 퀘스트를 매번 거의 혼자서 진행하셨다니 존경스럽습니다. 진짜 아무나 못 할 일입니다."

오베론은 이런 험난한 전투를 헤쳐 왔을 위드에게 존경심을 표했다.

"정말 멋지고 짜릿한 경험이었습니다. 아직 다 끝난 건 아니지만, 평생 잊지 못할 하루가 될 것 같습니다."

위드는 깊게 탄식할 뿐이었다.

"힘들어도 혼자 먹었어야 했는데……."

"……?"

남겨 놓고 온 레어의 보물들이 눈에 밟히고, 드워프들에게 나눠 줘야 할 게 아깝고.

솔직히 드워프들이 너무 잘 싸워 줬기에 보물을 안 줄 수가 없었다.

오베론은 무슨 의미인지 이해하지 못한 채 말을 이었다.

"저는 솔직히 준비하면서도 불가능하지 않을까 생각했습니다. 그런 힘든 퀘스트를 성공시켜서 진짜 기쁘시겠습니다."

"기쁘기는 개뿔."

"……?"

화장실 들어갈 때와 나올 때의 기분이 다른 이치!

'드워프들에게 고마운 마음은 시간이 지날수록 점점 옅어지겠지. 하지만 보물은 영원히 남는 거잖아.'

드래곤 레어에서 길지 않은 시간이었지만 머무는 동안 화로를 찾고, 중간중간 부지런히 귀한 보물을 챙겼다.

드래곤의 레어에서 얻은 물품 중에서도 핵심들만 모아 놓은 배낭이 2개.

'눈과 손. 둘 다 빨라야 하지. 어쩌면 일주일 동안 쓸 집중력을 다 소모한 것 같아.'

레벨 900대까지 사용할 수 있는 전사용, 궁수용 장비들을 풀로 갖춰 놓았고, 고급 마법 스태프와 로브 등도 따로 챙겼다. 화려한 옵션들 중에는 드래곤에 의해 강화된 것들도 있었다.

부피가 작은 액세서리류는 미처 살펴보지 못했지만 나이

드나 드워프들이 가져온 것들을 살피면 쓸 만한 것들이 많으리라.

'앞으로 장비 걱정은 완전히 덜 수 있겠군.'

드래곤의 레어에 있는 물품은 어느 것 하나 고급이 아닌 게 없었다. 그동안 사용하던 신발이나 허리띠, 여행복, 보호대, 가죽 갑옷 같은 것들을 월등히 뛰어난 장비들로 바꿔도 된다.

'앞으로 전투력이 훨씬 높아지겠지.'

위드가 착용하는 장비들은 조금씩 아쉬운 것들이 있었다.

로아의 명검이나 하늘 지배자의 갑옷을 제외하면 몇 가지 품목들은 전반적인 수준이 조금씩 떨어졌다.

그럼에도 더 나은 것들로 바꾸지 못했던 건, 경매에 참여하거나 골드를 주고 구입하기에는 귀하기도 했고 가격이 너무나도 비쌌기 때문이다.

'힘이면 힘, 민첩이면 민첩, 필요에 따라 공격력을 크게 높이는 방식도 가능하겠고… 맷집이나 회복력 향상, 저주 저항 등 사냥터나 던전에 장비들을 맞출 수 있어.'

더 이상 헤르메스 길드원들의 장비가 부럽지 않았다.

좋은 장비를 갖추면 그만큼 강해진다. 사냥 속도가 훨씬 빨라지고 효율적으로 바뀐다.

노가다의 영역도 한 단계 더 높아지는 것이다.

"헉헉."

"어서 가세. 조금만 더 가면 돼."

드워프들은 수레를 밀면서 좁고 어두운 갱도를 빠져나왔다.

광산 밖으로 나오니 따뜻한 햇볕이 내리쬐었지만 잠깐이라도 만끽할 여유는 없었다.

"어서 싣고 출발해요!"

파돈의 지휘에 의해 황소와 수레가 연결되고 드워프들은 마부가 되어 급히 떠났다.

"안전한 장소에 도착하면 여물을 듬뿍 주마. 그러니 달려라!"

음머어어어!

황소가 끄는 수백 대의 수레들이 산길을 흩어져서 내려간다.

드래곤의 레어를 털고 난 후 마지막 도주 단계!

위드는 흙먼지가 자욱한 갱도를 부지런히 걸었다.

옆에서는 드워프 워리어 오베론이 끝까지 호위하며 따라왔다.

"정말 수고 많으셨습니다. 오베론 님이 아니었다면 이번 일을 이렇게 잘 끝내지 못했을 겁니다."

"아닙니다. 위드 님이 깔아 주신 판에서 제 역할을 한 게 전부입니다."

오베론은 정말 뛰어난 리더십을 가진 지휘관이었고, 헌신적인 성품까지 가지고 있었다.

위드는 이번 빈집 털이 계획에서만큼은 그가 가장 큰 역할과 희생을 치렀음을 인정했다.

'솔직히 의심을 멈추지 않았지.'

갱도를 빠져나오면서도 오베론이 가까이 붙을 때마다 경계했다.

'여기서 내 뒤통수를? 방송 중이기는 하지만 충분히 가능한 일이지. 나처럼 착한 사람이 마지막에 악당에게 당하는 건 흔한 일이야. 평소라면 몰라도 희생의 화로까지 발동시켰으니 지금으로서는 유저 중에서 최강이라고 불릴 만해… 설마! 이 순간을 노리고 희생의 화로를 발동시켰던 걸까? 맞아, 충분히 그럴 수도 있어. 이런 음험한 드워프가……'

의심에 의심을 거듭, 급기야 나중에는 반드시 죽여야 할 나쁜 놈이 되어 있었다.

'그래도 워리어라서 공격력은 높지 않으니… 일단 막을 수 있어. 여차하면 찰나의 조각술을 써서라도 반격을 해야지.'

짐을 나눠 들자는 말까지 했으니 범인이 틀림없다고 생각하며 경계했다.

갱도를 빠져나온 지금은 의심이 50% 남아 있긴 했지만 다시 좋은 사람으로 분류되어 있었다.

늙어 죽는 순간까지도 남에게는 거두지 않는 의심!

'믿을 건 가족뿐이라고 하지만… 그 말도 절대적이진 않아. 원래 사기꾼들이 가장 먼저 통수를 치는 게 자기 가족이기도 해.'

의사, 변호사 같은 전문직들이 하는 말도 의심해 봐야 하고, 물건을 사거나 부동산 거래를 할 때에도 몇 번씩 확인을 해 봐야 하는 세상이다.

중고 장터 같은 경우는 그야말로 던전 이상으로 위험한 곳.

"오베론 님이 있어서 정말 든든합니다."

"제가 한 일은 조금입니다. 위드 님 덕에 베르사 대륙이 행복한 장소가 되었습니다."

두 눈을 번뜩이면서도 훈훈한 대화를 나누는 위드!

-케이베른이 10분 후면 도착할 것으로 보입니다.

"어서 데브라도 마을로 가죠."

"예, 알겠습니다."

위드는 이번 일을 깔끔하게 마무리 지으면 오베론을 두고두고 부려 먹을 생각을 했다.

'잘만 데리고 다니면 훌륭한 인재가 될 소질이 있어.'

전투력이나 인맥, 영주로서의 활동은 페일보다 훨씬 낫다.

능력 뛰어나고, 성실하며, 욕심까지 적은 최상의 인재.

'왜 사업가들이 항상 인재에 목말라 있는지 알 것 같아. 보

이는 그대로가 맞는다면 정말 오랫동안 우려먹을 수 있는 사람이야.'

위드는 거짓말이 아닌 아부를 위해 입술에 침을 듬뿍 발랐다.

"하하핫, 평소에도 오베론 님의 활약을 지켜보고 있었습니다."

"무슨 말씀을요. 제 활약이야 위드 님의 십분의 일도 안 되는데요."

"로열 로드를 처음 시작할 때부터 오베론 님의 영상을 많이 찾아봤습니다."

"정말요?"

"도움이 정말 많이 되었죠."

분석하고 참고하기 위해서 당연히 살펴봤다.

종족도 드워프로 하는 것을 잠시 고려해 봤었는데, 뭐든 만들어서 판매하는 분야로는 최고의 직업!

전투력도 쓸 만했지만, 결정적인 결격 사유가 존재했다.

'키가 너무 작아. 그리고 머리도 커……'

신체 비율의 문제!

외모가 못생긴 건 문제가 안 되지만 팔다리가 적당히 길어야 검술을 잘 활용할 수 있었기에 결국 선택하지 않은 종족이었다.

오베론은 뻔한 아부에도 불구하고 얼굴을 붉혔다.

"다른 사람도 아닌 위드 님께서 제 영상을 찾아보셨다니 정말 영광이로군요."

"말린사의 던전 공략은 세 번이나 봤었습니다."

"오, 그것도요? 그땐 저도 레벨이 높지 않았는데요."

"한창 도끼 투척 기술을 익히실 때죠? 초보들에게 큰 도움이 되었을 겁니다."

위드는 화기애애하게 오베론과 대화를 나누면서 데브라도 마을에 도착했다.

마을 입구에서는 희생의 화로와 함께 나이드와 드워프 유저들이 기다리고 있었다.

"형! 케이베른이 레어에 곧 도착한대요."

"그래. 어서 퀘스트 보고부터 해야겠다."

위드는 드워프들과 함께 희생의 화로를 끌고 장로에게 향했다.

맥주를 마시며 도끼날을 갈고 있던 드워프 장로가 희생의 화로를 보고 깜짝 놀라서 일어났다.

"여기 말씀하신 희생의 화로를 가져왔습니다."

"이, 이것이… 우리 종족의 보물!"

드워프 장로는 눈물을 한 방울 흘리며 희생의 화로를 쓰다듬었다.

띠링!

끈질긴 드워프들은 케이베른에게 빼앗긴 보물을 되찾았다.
오랫동안 기다려 온 그들의 목적이 달성되었다.
드워프 장로는 종족의 영웅에게 마땅한 보상을 해 줄 것이다.

−명성이 32,000 올랐습니다.

−드워프와의 관계에 깊은 신뢰가 형성되었습니다.

"오래되고 낡았지만 대단한 불의 기운이 느껴지네. 이 화로에서 역사를 바꿔 놓은 수많은 병장기들이 탄생했지."

"케이베른의 레어에서 구해 온 진품입니다. 레어에서도 드래곤이 꼭꼭 숨겨 놓은 가장 귀한 보물이었죠."

대화를 나눌 때 약간의 조미료는 감칠맛을 더해 주는 필수 요소.

드워프 장로는 조미료를 덥석 물었다.

"그래, 드래곤이 우리의 화로를 가지고 따뜻하게 살았겠지."

"그럼요. 케이베른조차도 애지중지하던 보물이었습니다."

위드는 마을 장로와 대화를 나누면서도 케이베른의 동향이 신경 쓰였다.

−케이베른이 레어에 도착했습니다.

드디어 집주인이 돌아오고 만 것이다.

그동안 빈집 털이를 당한 케이베른이 보일 반응에 대해서
는 애써 무시했었다.

-드래곤의 괴성이 들립니다. 감히 내 보물을… 다 죽인다고
외치고 있습니다.

속 좁은 드래곤이기에 어떤 반응을 보이더라도 이상하지
않았다.

위드는 떳떳해지기로 했다.

'내 잘못은 아냐. 드워프 종족의 숙원 퀘스트였고, 하프 엘
프 비슈르도 구해 오라고 했지.'

그저 퀘스트를 진행한 것뿐이었다.

물론 희생의 화로만이 아니라 드래곤의 레어를 닥치는 대
로 쓸어 오긴 했지만.

혼자서 한 퀘스트도 아니고 드워프 1,000명에, 타격대까
지 데려가서 훔쳐 오고 말았다.

'먹어도 크게 먹어야지. 조금 먹고 죽는 게 가장 억울하더
라고. 사실 퀘스트에도 문제가 있었어. 레어까지 들어가서
다른 보물들은 안 건드리고 나온다고? 그게 얼마나 정신 건
강에 해로운 짓인데.'

드워프 장로는 흙먼지로 더러운 옷소매로 흐르는 눈물을
슥 닦았다.

"참고 기다리면 언젠가 이런 날이 올 줄 알았네. 희생의
화로를 구해 온 자네라면 보답을 받아야 마땅하지."

"보답… 어떤 보답 말입니까?"

위드는 슬쩍 미소를 지었다.

보물을 잔뜩 챙기긴 했지만 욕심은 끝이 없는 법!

"우리 마을의 기술을 배우기에 충분해."

"기술요?"

"불과 철을 다루는 비전의 기술! 그것을 알려 주겠네. 희생의 화로에서 열흘 정도 가르치면 될 것 같군."

띠링!

> ―드워프 대장장이들의 비법 '불을 피우고 관리하는 법'을 익힐 수 있습니다.
> 완벽하게 익히면 불에 대한 친밀도가 30% 높아집니다.
> 대장장이 스킬이 강화되지만, 정령술이나 마법의 효과도 높아집니다.

> ―드워프 대장장이의 비법 '강철 혼합 연마법'을 얻을 수 있습니다.
> 철을 다루는 드워프들만의 비법들을 습득할 수 있습니다.
> 합금에 대한 지식을 얻을 수 있으며, 특수 강철 제작에 도움이 됩니다.
> 대장장이 생산품의 가치를 높입니다.

위드도 대장장이 스킬이 고급 3레벨에 올라 있기에 기술의 가치를 잘 알아봤다.

'스킬 자체로도 좋지만 더 좋은 물건을 만들수록 대장장이 스킬은 더 잘 오른다. 대장장이 마스터를 훨씬 쉽게 해낼 수 있겠어.'

드워프들이 만들어 놓은 장비 정도를 줄 것으로 기대했는데, 그 이상의 대단한 비법을 얻어 낼 기회였다.

"우리 드워프들은 뜨거운 불을 이겨 내는 이들이지. 희생의 화로가 돌아왔으니 드래곤에게 저항할 수 있는 힘이 생겼어."

"드래곤에게 저항한다고요?"

"으음, 드래곤들의 간섭으로부터 벗어나는 완전한 독립은 아니더라도… 최소한 케이베른 같은 악룡에게는 맞서야 되겠지. 케이베른이 있는 한 드워프들은 두 다리를 쭉 펴고 살지 못할 것이네."

위드는 수염을 쓰다듬으며 고개를 끄덕였다.

"맞습니다. 케이베른은 정말 나쁜 드래곤이죠."

"드워프 총회를 열어서 희생의 화로를 구했다고 알릴 것이야. 그리고 그 화로의 힘을 빌려서 케이베른과 싸워야지."

"케이베른을 이길 수 있을까요?"

"어려운 건 알지만 우리 드워프들이 반드시 해내야 하는 일이야. 자네는 이 화로를 노른 산맥의 그루터기 마을로 가져가게."

"그루터기 마을요?"

"드워프들이 중요한 일을 결정할 때 모이는 장소야. 화로를 되찾아온 드워프라면 모두 환영할 테지. 지도를 줄 테니 찾아가도록 하게. 케이베른이 쫓아올지도 모르지만, 놈은 최대한 우리가 유인하도록 하지. 하지만 자네도 위험할 테니 방심하진 말게."

띠링!

–드워프의 숙원 퀘스트가 이어지고 있습니다.

　조각 변신술로 완벽하게 드워프로 몸을 바꾼 상태이기에 퀘스트 수행이 가능합니다.

　의뢰를 거절한다면 드워프들과의 관계가 적대로 바뀝니다.

"반드시 그루터기 마을로 가겠습니다."

–퀘스트를 수락하셨습니다.

–그루터기 마을의 지도를 입수하셨습니다.

# 대탈출

유병준은 곰곰이 생각에 잠겼다.

"계획대로라면 4주 안에 허수아비를 치는 일을 끝냈어야 한다."

스텟을 목표치만큼 올리고 그다음에 성문 근처 사냥에 나서야 했다.

하지만 손에 쥐가 나도록 목검을 휘두르는 건 미치도록 힘든 노가다였다. 그 짓을 4주 내내 한다는 건 정신적으로나 육체적으로 인간 한계에 근접한 일.

적어도 자신은 해낼 자신이 없었다. 이젠 목검을 쥐기만 해도 쓰러져서 눕고 싶었다.

"초급 수련관이 이렇다고? 미쳤군, 미쳤어."

-박사님께선 기억하지 못하시는 것 같습니다. 로열 로드를 설계할 당시, 남들보다 앞서고 싶은 인간에게는 강한 시련이 필요하다고 하셨습니다. 그 말을 바탕으로 인간의 한계와 잠재력을 평가하여……

　유병준은 과거에 자신이 했던 말이 떠올랐다.

　대륙을 통일할 정도의 영웅이라면 당연히 어떠어떠해야 한다는 조건들을 실컷 떠들었는데, 직접 해 보려니 그야말로 지옥이었다.

　"육체가 따라 주지 않다니… 나이가 든 탓이라 역시 어쩔 수 없는가?"

　-로열 로드에서는 나이로 인한 제한은 없습니다.

　"젊은 사람들보다 정신적으로는 더 피곤함을 느끼겠지."

　-아무 영향이 없습니다.

　인공지능의 말대꾸 때문에 자기 합리화에 실패하고 말았다.

　무엇을 어떻게 해야 로열 로드에서 빨리 성장하는지 방법은 훤히 꿰뚫고 있었다. 그럼에도 불구하고 그걸 실제로 하는 건 보통 일이 아니었다.

　"으음, 아무래도 모든 사람의 노력이 동일하진 않지."

　유병준은 그러다가 기가 막힌 아이디어를 떠올렸다.

　"내가 왜 이 고생을 하고 있었지? 아이템 거래 사이트에 접속해. 내가 쓸 수 있는 최고의 아이템들을 몽땅 사들이는 거야."

현질!

세계 최고의 부자인 자신의 자금을 이용하는 것이다.

사소한 장비들에도 1억씩 마구 지른다면 다른 유저들보다 몇 배는 빨리 성장할 수 있으리라.

-박사님, 지난번에 현금으로 아이템 구매를 하는 건 로열 로드를 편법으로 즐기는 방식이라고 비난하셨습니다.

"그땐 내가 잘 몰랐던 것 같아."

-어떤 점을요?

"현질이 최고였어."

위드는 데브라도 마을을 빠져나왔다.

나이드와 드워프 유저들이 함께 희생의 화로를 수레에 실어 운반했다.

"여기서는 오른쪽으로 가야 해."

"좁은 나무 사이를 뚫고 가느라 힘들 것 같은데요."

"어쩔 수 없지. 케이베른에게 발각되지 않는 것이 우선이니까."

2미터가 넘는 크기의 희생의 화로를 수레에 싣고 산길을 타는 것도 보통 힘든 일이 아니었다.

바퀴가 나무뿌리에 걸려 덜컹거렸고 때로는 힘껏 밀어서

올라가야 하는 오르막도 나왔다.

-레어에서 몬스터들이 대거 빠져나오고 있습니다. 추적을 해 올 것으로 보입니다.

-마판 상단은 어떻죠, 날쌘 찬바람 님?

-일찍 출발한 탓에 먼저 달려가 멀어지고 있습니다. 몬스터와 가까운 운송 팀은 몇 안 됩니다.

하늘에서 보면 광산을 시작점으로 해서 드워프들과 마판 상단이 사방으로 빠져나갔다.

도주로를 다양하게 만들기 위해 어떤 이들은 험한 울타 산맥 깊이 들어가기도 했다.

-파돈 님, 몬스터들을 조심해 주세요.

-옙! 최대한 빨리 빠져나가겠습니다. 위드 님이 가장 늦으실 텐데 조심하세요.

데브라도 마을의 드워프들이 흔적을 지운다고는 하지만 그들만 믿고 있을 수는 없었다.

애초에 퀘스트 자체가 위드 혼자의 단독 작전이 아니라, 대규모 도적단의 침략이 되어 버리고 말았다.

흔적이 잔뜩 남을 수밖에 없을 테고 운송 팀들은 쫓기게 될 것이다.

그럴 때를 대비하여 마판 상단에서는 미끼 작전을 준비해 두었는데, 토르 지역의 드워프 유저들을 고용하는 것이었다.

미끼 역할을 수행해 잘 도망치면 약속한 금액을 지급하고,

만약 죽게 되면 상당한 위로금까지 추가된다.

'세상에 공짜는 없는 법이지.'

빈집 털이를 하며 이래저래 나가는 돈이 많지만 이것들은 전부 투자!

-내 레어를 침입하다니! 찾아라! 모두 죽여라!

먼 곳에서 울부짖는 악룡 케이베른의 무시무시한 목소리가 들려왔다.

평소 케이베른의 성격을 감안한다면 엄청나게 화가 났으리라.

'이젠 살아서 도망치는 것밖에 남지 않았지.'

위드는 운송 팀에 대해서는 더 이상 신경 쓰지 않기로 했다.

퀘스트를 진행하느라 데브라도 마을에도 들렀고, 희생의 화로까지 옮기는 자신이 가장 위험했으니까.

"빨리 가자."

"예, 형."

위드는 나이드, 드워프들과 함께 울타 산맥을 부지런히 내려왔다.

데브라도 마을이 워낙 험한 장소에 있었기에 산맥을 벗어나려면 무려 8개의 능선을 넘어야 했다.

중간에 외부로 노출되는 위험한 지역들이 있어서, 그곳들에는 미리 나무와 수풀을 잔뜩 심어 놓았다.

'도둑 영화를 보면 준비가 절반이지. 암, 그렇고말고.'

쿠구궁!

그때 산이 갑자기 흔들렸다.

－케이베른이 브레스를 쏘았습니다! 최고 강도의 브레스 같습니다. 위드 님과는 거리가 있는 장소입니다만, 피해는 없으시지요?

"……!"

살벌하기 짝이 없는 분위기.

"진짜 화가 많이 났구나. 빨리 가죠."

위드는 드워프들을 재촉하면서 계속 전진했다. 지금은 도망치는 것 외에 다른 방법은 없었으니까.

'드워프들이 흔적을 지운다고 했으니 적당한 위치에 숨어 있는 게 나으려나?'

숨는 쪽으로도 생각해 봤지만 이내 고개를 저었다.

'퀘스트의 규모가 확실히 커졌어. 용아병들에게 걸리지 않고 희생의 화로만 빼 왔다면 드래곤이 모르고 지나갔을 수도 있겠지. 하지만 이젠 전력을 다해서 쫓아올걸.'

드래곤의 공격력을 감안한다면 주변 지역을 완전히 초토화시킬 수도 있었다. 가만히 숨어 있다가 지역 전체와 함께 박살이 나면 큰일이다.

－케이베른을 관찰하느라 발견이 늦었습니다. 지금 데브라도 마을의 드워프들이 활발하게 움직이고 있습니다.

−어떻게요?

−드워프들이 불을 지르면서 막 뛰어다니고 있는데요.

−불을 지른다고요?

아마 드워프들이 흔적을 지우기 위해 산불을 내는 거라 생각되었다.

−예. 하피들이 몰려와서 저는 이만 철수해야 될 것 같습니다. 다시 돌아올 수 있으면 살펴보도록 하겠습니다.

−도와주셔서 고맙습니다.

위드는 도망치는 게 급해서 날쌘 찬바람의 말을 크게 고민하지 않았지만, 곧 무슨 일이 벌어지는지 알게 되었다.

"형, 하늘을 좀 보세요."

"응?"

나뭇가지 사이로 보이는 하늘이 시커멓게 변해 있었다.

"저건 또 왜 저래. 드래곤의 마법인가?"

"그런 것 같진 않은데요. 무언가 올라가는 게, 마치 연기 같지 않아요?"

시야가 조금 트인 곳에 오니 하늘이 검게 변한 이유를 알수 있었다.

울타 산맥의 웅장한 산세, 푸른 나무들이 빽빽하던 경치는 어디로 간 것인지 다 사라지고 시커먼 연기를 내뿜는 불바다만 있었다.

커다란 나무들이 불에 타서 쓰러지며 불씨가 강한 바람을 타고 날린다.

경이로운 속도로 산불이 번져 나가고 있었다.

"설마 이거… 드워프들이 낸 산불인가?"

"그런 것 같은데요."

위드는 믿는 도끼에 뒤통수를 얻어맞은 기분이었다.

보통은 상식선에서 발자국을 지운다거나 하는 온건한 방법도 있지 않은가.

"나이드야. 그리고 드워프님들."

"예?"

"여기서부터는 더 빨리 달립시다."

"형, 들키지 않는 게 우선이라고 했잖아요?"

"그것도 맞아. 하지만 최대한 서둘러야 해. 왜냐면 바람이 이쪽으로 불어오고 있어."

"히엑!"

나이드와 드워프들은 이유를 깨닫자마자 얼굴이 퍼렇게 질렸다.

산 너머에서 어마어마하게 타오르는 불길이 바람을 타고 이쪽으로 번져 온다!

주변에는 다른 높은 산들도 있었기 때문에 바람이 더욱 몰려들고 있었다.

"어서 가요, 형."

나이드가 앞서서 길을 찾고, 위드는 로아의 명검으로 걸리적거리는 나무를 베었다.

"달려라!"

"속도를 내요."

드워프들은 거침없이 수레를 밀며 뒤를 따라왔다.

"무슨 퀘스트가 이래?"

"난이도 S급이 이런 거구나. 아무 때나 막 위험하네."

"완전 대박!"

희생의 화로를 운반하는 드워프 유저들은 나름 레벨 450 대에 힘과 민첩을 중심으로 키운 정예들로 구성되어 있었다.

드래곤 레어에서 최대한 멀리 떨어지는 방향으로 도망치고 있지만, 험한 울타 산맥은 오르막과 내리막이 번갈아 나타났다.

산불은 바람을 따라 빠르게 다가오고 있었다.

"형, 매캐한 냄새가 나요."

"알아. 조만간 우리 몸이 삼겹살처럼 구워질지도 모르겠어."

위드는 진지하게 비유를 든 것인데, 나이드는 무언가 떠오른 듯 반갑게 말했다.

"학교 앞에 맛이 기가 막힌 고깃집 있는데. 신입생들이나 동기들이 형 한번 만나 보길 기다려요. 복학하면 단체로 거기서 고기 한번 사 주세요."

"…아직 날 모르는구나. 언젠가 복학은 할 수 있지만 너희에게 고기를 사는 일은 내 인생에 존재하지 않아."

하늘에는 계곡 하피의 무리가 날아다니고 있었다. 심술궂고 사나운 소녀의 얼굴을 한 괴조들이 꺅꺅거리면서 지상을 살폈다.

"케이베른의 명령을 따르는 하피들이 우리를 찾고 있는 모양인데."

"들키면 큰일 나겠네요."

"케이베른이 나타나겠지. 그래도 도망치는 사람들이 많아서 추적이 분산되긴 할 거야."

다른 드워프나 운송 팀은 걸리지 않길 바랐지만, 그들이 발각될수록 당장 위드가 더 안전해지긴 했다.

수레를 밀던 드워프 유저 중 1명이 말했다.

"산불이 가까이 다가오고 있는데요."

"침착해요. 아직 시간은 있어요."

하피들이 하늘에 보일 때마다 나무 사이에 숨어서 기다렸다.

희생의 화로에는 나뭇가지들을 덕지덕지 붙여서 위장을 한 데다, 다행인 건 하피의 시력이 그다지 뛰어난 편은 아니라는 점!

"불길이 더 다가오고 있어요."

나이드는 얼굴에 화끈한 열기를 느꼈다.

검은 연기는 이미 자욱하게 밀려왔다. 타닥거리면서 나무가 타는 소리도 들렸다.

수레를 밀고 있던 드워프 유저들도 즐거움보다는 불안한 기색이 역력했다.

"이거 죽는 거 아니에요?"

"저기, 불길이 너무 가까운데요."

수레를 밀고 산을 내려가려고 했지만, 몇몇 구역은 이미 불이 붙었거나 나무로 이루어진 엄폐물이 부족했다.

"꽤 곤란하게 됐네."

위드는 바람을 타고 온 불길이 가까운 곳에서 걷잡을 수 없이 퍼지는 것을 봤다.

"역시 재수가 없으려니 바람이 기가 막히게 잘 불어 주는 날이야. 소나기라도 쏟아지면 좋을 텐데. 하늘이 돕지 않으면 나 혼자서 해결해야지."

산불이 다가오고 있었지만, 자신의 팔자에 이것이 최악의 상황이라고는 생각하지 않았다.

"모두 걱정하지 마세요. 인생에서 이보다 나쁜 일은 언제든 벌어질 수 있는 거니까요."

위드는 상황을 진정시키는 데 전혀 도움이 안 되는 말을 내뱉으며 품에서 조각칼을 꺼냈다.

"잠깐 쉬고 계세요."

"형?"

"조각품을 좀 만들 거야."

KMC미디어, CTS미디어.

로열 로드의 수많은 방송 채널 중에서 최고는 둘로 정리가
되고 있었다.

높은 시청률을 가진 인기 프로그램들을 보유한 KMC미디
어. 해외 방송국들에도 프로그램을 직간접적으로 수출하며
막대한 이익을 누렸다.

CTS미디어에서는 모기업의 막대한 자본력을 바탕으로 공
격적인 경영을 주저하지 않았다.

인기 진행자들을 중심으로 게스트 섭외, 방송 제작비에 있
어서 한도 없이 과감하게 썼다.

그들이 가장 핵심에 두는 가치는 단 하나였다.

"위드다! 위드를 잡아."

"위드만 잡으면 뭐든 다 된다. PD가 바뀌든 국장이 바뀌
든, 시청자 누가 알아줘? 위드가 프로그램에 한 번 더 나오
면 그만큼 시청률이 높아지는 거야."

방송국 입장에서는 위드가 모험을 할 때마다 함박웃음이
터져 나왔다.

전투를 하든 조각품을 만들든 언제나 시청률의 보증수표였
고, 때때로 위드가 험한 고생을 할 때마다 속으로는 웃었다.

"프로그램 해외 수출도 걱정할 거 없잖아. 우리에겐 위드

가 있다고 해."

"그래도 전속권은 없는데요."

"우리가 위드 관련 프로그램을 많이 만든 건 사실이니까."

해외 수출도 위드라는 이름으로 순조롭게 진행된다.

이렇게 위드 덕에 단맛을 실컷 보고 있었지만, 사실 방송국들이 매번 갑은 아니었다.

생일이나 명절, 혹은 별것도 아닌 기념일까지 어떻게든 찾아서라도 선물 공세를 퍼부어야 했다.

"위드 님한테 올해는 선물 몇 번 보냈지?"

"일곱 번입니다."

"더 늘려! KMC미디어에서는 벌써 열 번을 채웠다는 얘기가 있어."

"주려고 해도 마땅히 줄 이슈가 없는데요."

"그 집 강아지 키우잖아. 새끼라도 태어나면 뭐든 챙겨서 줘."

"너무 노골적인 거 아닌가요?"

"괜찮아. 노골적이더라도 받는 사람만 기분 좋으면 되는 거지."

방송국에서는 드래곤 레어의 빈집 털이도 크게 홍보했었다.

"진짜 되는 건가? 바로 전멸하면 시청률은 쪽박 차는 건데."

"그래도 위드이지 않습니까?"

반신반의하며 진행했던 생방송.

"용아병에게 들켰다!"

"전투다. 진짜 제대로 붙었어."

레어에서의 공방전이 일어나면서 1분 단위로 시청률이 증가했다.

그 후로는 무난하게 탈출에 성공하는가 싶더니, 드래곤 레어에서부터 몬스터들의 대대적인 추격이 개시되었다.

아울러 드워프들이 지른 불길로 울타 산맥과 사이고른 산맥이 타오르고 있었다.

진행자들이 목에 핏대를 세웠다.

"화면으로 보시다시피 산불이 위드에게 접근하고 있습니다! 고작해야 500미터 정도로 보이는데요!"

"다가가는 속도로 봐서는 아주 금방이죠."

"제가 저런 산불에 가까이 가 본 경험은 없었지만요. 벌써 열기가 느껴지리라 짐작됩니다. 화끈하게 달아올랐을 겁니다."

"절대적인 위기입니다!"

방송국 관계자들은 뒤에서 쾌재를 불렀다.

"타라, 타! 시청률도 함께!"

타다다닥!

산불이 바람과 함께 밀려오고 있었다.

위드는 침착하게 조각칼로 물방울을 깎았다.

"와, 신기하다. 물이 깎아져요?"

"진짜 조각을 못 하는 게 없구나. 가까이에서 보니 정말 신기하네."

나이드와 드워프들은 놀라움에 지켜만 볼 뿐이었다.

"후후후."

위드는 조각술로 관심을 받을 때마다 뿌듯한 기분이 들었다.

완벽한 노가다로 궁극의 경지에 도달한 조각술!

"형, 근데 지금 뭐 하는 거예요?"

"구름을 만들 거야. 그런 다음 비를 뿌리게 해야지."

"그렇구나."

조각술 마스터 데이크람의 자연 조각술.

비를 내리게 하는 기적을 일으켜서 산불을 잠재우리라.

'먹구름도 일으켜서 어둡게 만들면 도망치는 데 효과가 있겠지.'

위드의 머릿속에서 착착 계산이 이루어지고 있었다.

'드래곤의 레어는 생각보다 쉽게 털었다. 용아병들에게 걸

려서 전투가 벌어지긴 했지만 오베론 님의 활약으로 막아 냈지. 이 정도의 고난쯤이야.'

불가능에 가깝게 여겨졌던 처음에 비한다면 순조로웠던 퀘스트.

마지막 마무리도 어떻게든 도망에 성공하기만 하면 된다.

'조각술은 역시 다양한 상황에서 쓸모가……'

−콰아아아앗!

머리 위 하늘로 케이베른이 괴성을 지르며 날아가고 있었다.

"숨엇."

위드와 나이드, 드워프들은 땅에 바짝 엎드렸다. 다행히 걸린 것은 아니고 그저 지나갈 뿐이었다.

케이베른이 연달아 괴성을 지르면서 몸을 뒤틀며 날아가는 공포스러운 장면!

최소 30초 이상을 바짝 땅에 엎드려 있었다.

"안 되겠네……."

"예?"

"미안, 시간 낭비만 한 것 같다."

위드는 구름 조각술을 깔끔하게 포기했다.

"비를 좀 내리게 할 순 있지만 산불이 너무 가까워졌어."

"그래도 불이 번지는 걸 막는 데 도움은 되지 않을까요?"

"드래곤이 부근에 있는 이상 눈에 띄는 행동을 할 순 없지. 이런 쓸모없는 조각술 같으니라고."

위드는 조각칼을 다시 품에 넣고 이동을 시작했다.

산불이 뒤로도 가까워졌지만, 능선을 따라 아래쪽에서도 불길이 치솟아 올랐다.

"형, 점점 뜨거워져요."

"내가 그럴 것 같다고 말했잖아."

불을 피하기 위해 도망치는 것이 점점 위험해지고 있었다.

드워프들이 막 불을 질렀을 때 도주 경로를 바꾸는 게 옳았다.

울타 산맥의 지형상 산불의 경로에서 안전한 길목을 살펴서 이동하는 것은 가능했다.

불과 연기가 오히려 추적자들을 따돌리고 은폐의 역할을 해 주었을 테니까.

다만 그렇게 할 수 없었던 건, 다른 운송 팀들의 도주 경로가 정해져 있었기 때문이다.

중간에 다른 운송 팀이 발각되어 변수가 생길지도 모르고, 도주로가 뒤엉키면 그것 자체로도 새로운 위험을 감수하는 일이다.

무엇보다도 다른 운송 팀들보다도 데브라도 마을에 들르고 희생의 화로까지 옮기느라 가장 뒤처져 있었다.

"항상 중요한 건 뒤처리겠지. 그리고 지금은 조금 위기 상황이고."

위드는 오랜만에 몸에 흐르는 긴장감을 느꼈다.

산불이 번져서 시야에 보이는 울타 산맥 전체가 불타고 있었다.

생존 본능을 자극하는 압도적인 위협!

"나이드."

"예, 형."

"혼자서 먼저 빠져나가. 연기가 자욱한 지금이라면 무사히 탈출할 수 있겠지."

"형은요?"

"불길을 뚫고 화로를 가지고 갈 거야. 아예 불길이 번지도록 기다려서 말이지."

"허억!"

위드는 산불이 다가오는 것을 이용하기로 했다.

불과 연기에 휩싸여서 그대로 통과한다면 공중정찰을 하는 하피들에게 걸리지 않을 수도 있으리라!

희생의 화로도 어차피 불에 의해 파괴될 물건은 아니었으니까.

그야말로 위험하기 짝이 없는 역발상이었다.

"위, 위드 님?"

"어떻게 그런 희생을……."

"안 됩니다. 위드 님은 아르펜 제국의 황제입니다. 이런 곳에서 죽어선 안 돼요!"

드워프 유저들이 경악해서 믿을 수 없다는 표정을 지었지만 위드는 가볍게 웃었다.

"괜찮습니다. 전 안 죽어요. 근데 여러분은 죽을 겁니다."

"……."

"목숨값은 챙겨 드리겠습니다."

위드의 말은 불안에 떨던 드워프들을 안정시키는 데 큰 효과가 있었다.

아르펜 제국의 황제로서 최고의 신망을 가진 상대. 더구나 지금은 드래곤 레어에서 빈집 털이까지 성공하며 막대한 부를 손에 넣었다.

방금 봤던 그 보물들은 어떤 말보다도 설득력이 있었다.

"위드 님이 정 그렇게 말씀하신다면 불길이라도 못 뚫겠습니까?"

"이제야 소개를 드리는데 전 하론이라고 합니다. 고맙습니다. 목숨값으로 장비 2개만 받겠습니다."

"저도 2개면 됩니다."

"직접 골라도 되죠? 아, 물론 엄청 좋은 건 아니고, 제가 착용할 수 있는 장비에 한해서요."

위드는 불길보다도 드워프들의 욕망이 더 뜨겁게 느껴졌다.

"저기, 하나씩은……."

"목숨값으로 너무 야박하시네. 2개는 주셔야 되는 거 아니에요?"

"2개 주세요, 2개."

드워프들은 합심해서 2개로 올렸다.

여차하면 나이드까지 살아서 도망치지 않고 보물을 달라고 할 기세!

'세상이 변했어.'

호락호락하게 당해 주는 사람이 드문 야박한 세상이었다.

"알겠습니다. 계속 가 봅시다."

위드는 나이드를 먼저 보내고 드워프 4명과 함께 수레를 밀었다.

불길을 기다려야 했으니 조금 전처럼 서두를 필요는 없다.

무시무시한 산불이 점점 다가와서 그들을 덮쳤다.

"엄청난 산불이로군요."

"정말 기막힙니다. 울타 산맥이 다 타 버릴 것 같아요. 이런 무시무시한 장면을 다 보네요."

북쪽으로 도망친 드워프들은 산 너머에서 일어나는 불길을 보며 두려움을 느꼈다.

"다행히 우리 쪽으로는 불길이 오지 않겠네요."

"그래도 쭉 도망칩시다. 쉴 여유가 없으니까요."

드워프들이 자발적으로 성실하게 도망치게 만들어 주는 산불.

"몬스터다."

"우리 이동 경로에 몬스터들이 지나가고 있습니다. 어! 저 곳에 운송 팀이……."

먼저 갔던 운송 팀들이 몬스터에 의해 고립되어 전투를 펼치고 있었다.

드워프 전사들로 구성된 운송 팀.

마판 상단은 먼저 떠났고, 레어에서 마지막에 철수한 드워프 전사들이 모는 수레가 몬스터 무리에 갇혔다.

"몬스터들이 모여들고 있어서 희망은 없겠네요."

"다른 곳으로 돌아갑시다."

드워프들은 안타깝지만 외면하고 몬스터들을 피해 가기로 했다.

약속대로, 정해진 계획대로 움직여야 했다. 어쩌다 발각되더라도 어쩔 수 없는 일로 여기고 감수하기로 했다.

하지만 의외의 사태는 항상 벌어지는 법이다. 몬스터들과 치열한 전투를 치르고 있는 드워프들에게 지원군이 나타난 것이다.

키가 작은 드워프 워리어!

"오베론 님이다."

"이 근처에 있긴 했을 테지만… 오베론 님도 운송 팀을 이끌고 있었잖아?"

"운송 팀은 보내고 혼자 나선 모양이네."

오베론은 망치와 도끼를 동시에 휘두르며 맹렬하게 몬스터들과 싸웠다.

희생의 화로가 가진 효과가 아직도 남아 있었던 듯 몬스터들을 마구 밀어붙이기까지 했다.

기적적으로 고립되어 있던 운송 팀 2개를 구출!

그 대가로 수백 마리가 넘는 몬스터들의 집중 공격을 당해야 했다.

멀리서 지켜보던 드워프들은 고개를 저었다.

"오베론 님은 훌륭한 분이기는 한데… 정말 멋진 분이긴 한데……."

"어, 뭔가 좀 아쉽지. 드래곤 레어에서 그렇게 활약하고도 마지막까지 나서다니 말이야."

"위드 님의 표현대로라면 이게 다 먹고살자고 하는 건데."

"우린 위드 님을 따르자. 위드 님 같은 분 옆에 있어야 인생에 이득이야."

"응, 그게 맞지."

수십 킬로미터에 이르는 거대한 산불이 일어나는 건 산맥

너머에서 지켜보는 유저들 입장에서도 경이로운 장면이었다.

"우리 위드 님 어떻게 하죠?"

"구하러 가야 되는 거 아니에요?"

이리엔과 수르카는 울타 산맥의 초입에 있는 티스 마을에서 기다렸다.

드워프, 인간, 엘프가 섞여서 살아가는 이 작은 개척 마을에 로열 로드를 아는 많은 이들의 관심이 집중되었다.

위드가 과연 무사히 살아서 이곳으로 돌아오느냐!

이미 울타 산맥은 거대한 용광로처럼 변했다.

하늘은 화산이 폭발하기라도 한 것처럼 검은 연기로 뒤덮였다.

무사히 철수했던 페일이 자신 없다는 투로 얘기했다.

"저런 상황에서 살아 돌아온다면 그건 인간이 아니라고 생각되지만……."

양념게장이 그 말을 받았다.

"위드 님이라면 가능할지도 모르죠."

같이 지낸 시간이 길진 않지만, 바퀴벌레를 능가하는 그 생명력!

드워프 유저 4명은 일찌감치 목숨을 잃었다.

그때만 하더라도 어느 정도 시야가 있는 상태라서 방송국들의 화면을 통해서 볼 수 있었다.

바람을 타고 무서운 속도로 다가오는 산불.

나뭇가지들이 연달아 화르륵하고 불길에 휩싸이며 다가오는 장면은 공포 그 자체였다.

바닥에 떨어져 있던 낙엽들도 불에 타면서 솟아오른다.

불의 바다가 밀려왔다. 사방에서 덮쳐 오는 불은 피할 수가 없을 정도였다.

생방송으로 중계하던 KMC미디어의 진행자들도 경악했다.

"정말 무시무시한 산불이군요, 혜민 씨. 위드 님이 죽음을 각오한 것일까요? 하피들에게 발각되니 희생의 화로를 감추기 위해 차라리 죽음을 선택한 것인지도 모른다는 생각이 듭니다."

"저는 그렇게 생각하지 않아요. 위드 님은 최후까지도 살길을 선택하실 분이에요."

"가까이에서 겪어 보셨으니 저보다는 훨씬 잘 아시겠죠. 그렇다면 여기서 위드 님의 선택은 무엇일까요?"

"짐작하기 어렵네요. 목숨을 걸고 출동하겠다는 조인족들의 제안도 거부했어요. 하피들을 따돌릴 수 있을지는 모르지만 괜히 케이베른의 관심을 끌 수 있다는 이유에서요."

다른 여성 진행자인 이단아가 물었다.

"변신술! 불의 정령 같은 걸로 변신하면 되지 않나요?"

"정령으로도 변신이 되는지는 잘 모르겠네요. 하지만 정령이 되면 물리력이 약해져서 희생의 화로를 밀기가 어려워지니 그러진 않을 거예요."

"앗, 그렇다면 먼저 빠져나오는 건요? 희생의 화로를 땅속에 숨겨 놓고 안전 지역으로 대피하는 거예요. 위드 님 혼자면 도망치기가 어렵지 않잖아요."

이단아의 생각은 방송국 게시판과 대화방을 뜨겁게 달궜다.

　-맞네, 저거네.
　-아이디어 굿!
　-근데 이미 늦은 거 아님? 이미 불에 갇혔는데 어떻게 도망쳐?
　-살자, 위드야. 제발 살아야 한다.
　-이미 죽은 목숨. 활활 타올라라!
　-여기 헤르메스 길드가 아직도 남아 있네.

신혜민도 그녀의 아이디어를 그럴듯하게 여기긴 했지만 이내 고개를 저었다.

"위드 님은 절대로 선택하지 않을 방법이에요."

"예? 제 생각에 잘못된 게 있었어요? 희생의 화로니까 산불에 놔둬도 녹아 버리진 않을 것 같았는데요."

"파손이나 성공 가능성의 문제가 아니에요. 위드 님은 저런 귀중한 보물을 땅에 묻어 둘 수가 없는 분이에요."

"아… 신중하신 건가요? 하긴, 드워프 종족의 보물이고, 케이베른을 퇴치하는 데 결정적인 역할을 할 물건이니까요."

"그것과는 좀 다른데. 이렇게 말하면 이해가 될까요? 세상에 믿을 놈 하나 없다고…….."

위드의 불안 본능!

이 정도로 귀한 보물이 손을 떠나면 어떻게 될지 모르기에 버려둘 수가 없었다.

한편으론 진행자들의 입장에서도 곤혹스럽기 그지없었다.

드워프 유저들이 목숨을 잃고 나서도 위드의 영상은 계속 전송되고 있었다. 하지만 산불에 완전히 뒤덮여서 온통 붉은 화면밖에 보이는 게 없었다.

"저 불길에서 살아 있다는 게 말이 안 돼요. 매초마다 엄청난 생명력의 피해를 입고 있을 텐데요."

"상식적으로 그렇게 보는 게 맞긴 한데요. 위드 님이니 쉽게 죽진 않을 것 같습니다. 버틸 수 있을 것 같아요."

그리고 잠시 후, 신혜민에게 전달된 정보가 있었다.

"위드 님은 멀쩡하답니다."

"저 불 속에서요?"

"네, 뜨끈하게 몸을 지지고 있다고 하네요. 웬만해서는 나오기 싫을 정도라고…….."

믿기 어려운 일이지만 위드는 산불에서도 건재했다.

"아! 태양의 전사! 그 직업 때문에 불에 의한 피해가 최소화되겠군요. 불의 속성을 가지고 있으니 말이죠."

"어쩌면 헤스티아 여신의 축복이 부여됐을지도 모르겠어

요. 위드 님은 헤스티아 여신에 대한 공적치가 굉장히 높잖아요!"

오주완과 이단아는 로열 로드의 진행 경험을 바탕으로 연달아 추측해 냈다.

신혜민도 처음에는 그럴 거라고 생각했지만 페일로부터 전달된 설명은 그게 아니었다.

"불에 저항력이 높은 이유가 여러 가지 있긴 하지만, 결정적으로는 바드레이 덕분이라고 하네요."

위드는 드워프들이 불에 타 죽은 이후에도 수레를 밀며 묵묵히 걸었다.

그럭저럭 산불은 견딜 수 있었다.

-화염의 피해를 34 받았습니다.

-화염의 피해를 11 받았습니다.

-화염의 피해를 63 받았습니다…….

울타 산맥을 뒤덮고 있는 지옥 같은 불길에 비하면 미미한 피해!

'역시 장비발이군.'

각종 장비들과 높은 저항력이 있다. 여기에 바드레이로부터 입수한 불꽃의 성배가 가진 옵션이 부여되었다.

화염의 피해를 거의 받지 않음.

불 속성 몬스터는 사실 꽤나 흔한 편이다.

하지만 상대하기 까다로워서, 유저들은 불 속성 몬스터들이 많은 던전은 기피하는 현상까지 있었다.

덕분에 드워프들도 불에 대한 저항력은 좀 낮은 편.

'바드레이에게 고마워해야겠군.'

위드는 불꽃의 성배가 참 기특한 아이템이라고 생각했다.

'다음에 바드레이와 싸우면 또 좋은 전리품을 얻을 수 있겠지. 역시 헤르메스 길드는 나쁘진 않다니까.'

수레마저 다 타 버린 후에는 희생의 화로를 밀면서 움직였다. 땅 위로 솟아오른 장애물이었던 나무뿌리들이 다 타서 사라지고, 잿더미 위로 길이 열렸다.

−외곽에서 정찰 중입니다. 하피들이 불난 지역에선 물러가고 있습니다. 위드 님이 계신 곳의 하늘은 안전합니다.

다시 확보된 제공권!

위드는 케이베른의 레어에서 조금씩 멀어지고 있었다. 무사히 빠져나갈 것을 확신할 때였다.

–불꽃의 성배에 걸린 봉인이 흔들리고 있습니다.
진행률 1%
…진행률 2%
…진행률 3%

'봉인?'

위드는 정보 창을 띄워 보기로 했다.

"감정."

**불꽃의 성배 :** 내구력 30/30.

불의 정화가 담겨 있는 잔이다.

인간들이 간 적 없는 땅속 깊은 곳에서 흐르는 용암을 채취했다는 이야기도 있고, 100만 년 동안 타오른 불이 담겨 있다는 소문도 있다.

전설이 담긴 물품.

성배의 힘을 이끌어 내면 어떤 어둠도 물리칠 수 있으리라.

**제한 :** 없음.

**옵션 :** 소유하는 것으로 모든 스텟 53 증가.

생명력과 마나의 최대치 70,000 상승.

불과 관련된 모든 스킬의 위력이 200% 강화.

전투 스킬의 효과 +35%

화염의 피해를 거의 받지 않음.

열흘에 한 번씩 '성배의 평정'을 사용할 수 있음.

**특수 :** 전설이 봉인되어 있다.

밝혀지지 않은 옵션이 일곱 가지 잠들어 있음.

**성배의 평정 :** 흐르는 용암의 강이나, 폭발하는 용암 분출구를 소환하여 적을 쓸어버린다.

전설이 봉인된 물품.

지금 상태로도 어마어마하게 훌륭한 아이템이지만 아직 포장지도 뜯지 않은 상태였다.

'그 봉인이 산불에… 그러니까 엄청난 불의 기운에 의해 풀리고 있다는 것이구나.'

위드는 불꽃의 성배는 확실히 챙겨 놔야 할 물품이라고 생각했다.

어쩌면 로아의 명검을 비롯해서 가지고 있는 아이템 중 최고의 것일지도 모른다.

무기나 방어구는 드래곤의 레어에서 좋은 걸 꽤 얻었지만, 소유하고 있는 것만으로도 이런 능력치를 주는 보물은 정말 귀한 것이니까.

중앙 대륙을 차지하고, 사실상 로열 로드를 지배했던 헤르메스 길드에서도 수장인 바드레이였기에 가질 수 있었던 보물 중의 보물!

'이 정도 등급의 아이템에 봉인된 전설을 풀어서 성배의 힘을 이끌어 낸다? 몇 가지 옵션까지 추가로 생긴다면… 돈을 주고도 사기 힘들겠군.'

누군가와 거래를 한다는 것이 불가능할 정도로 최고의 아이템이 될 것이다.

힘이나 민첩, 생명력을 높여 주는 부적 혹은 특수한 상징물이 경매장에서 가끔씩 거래되지만, 불꽃의 성배에 견줄 수 있는 물품은 아직까지 없다.

'봉인이 풀리는 건 불에 넣는 것이었어.'

위드는 수수께끼치고는 간단하다고 생각했다.

이 정도 화력을 가진 불이란 게 사실 흔한 건 아니었지만.

울타 산맥의 산불은 바람을 타고 계속 그 면적을 넓혀 가고 있었다. 수백 년간 자랐을 거대한 나무들이 불에 타며 쓰러져 내렸다.

-불꽃의 성배에 걸린 봉인이 풀리고 있습니다.
　진행률 33%

안타깝게도 봉인이 완전히 풀리기도 전에 부근의 나무들이 몽땅 타 버리고 말았다.

'봉인이 먼저 풀릴 때까지 산불에서 기다려 봐?'

위드는 잠시 고민하긴 했지만 드래곤의 존재 때문에 울타 산맥을 그대로 벗어나는 쪽을 선택했다.

그리고 얼마 후!

"위드 님!"

"이쪽입니다."

티스 마을에서 기다리지 못하고 올라오는 동료들이 보였다.

페일과 이리엔, 수르카……

오랜 동료들을 시작으로 레어에서 무사히 빠져나온 양념

게장과 파이톤도 보였다.

　-케이베른이 하늘로 다시 날아올랐습니다. 분노를 해소하기 위한 목표는 서쪽의 드워프 마을로 보입니다.

케이베른도 다른 곳으로 갔다.

"다 끝났구나……."

빈집 털이가 무사히 끝났다고 생각하는 그 순간이었다.

쐐액!

무언가가 빠르게 날아오는 소리가 들리자마자 위드의 몸이 기계적으로 반응했다.

스르릉.

자세를 낮추고, 로아의 명검을 뽑아 들며 소리가 들린 쪽으로 시선을 돌렸다.

검고 흐릿한 형체가 눈 깜짝할 사이에 다가오고 있었다.

거리는 고작해야 3미터 정도.

'사형 집행자의 습격. 암살자 스킬이다.'

무기나 레벨이라는 변수를 제외하고도 순수 스킬 대미지만 8만이 넘는 공격 기술.

단검에 갑옷이 지켜 주지 못하는 부위를 맞아서 치명적인 일격이 발동되면 생명력 30만이 그대로 사라질 것이다.

상대의 스킬까지 확인하는 순간 기계적으로 대응에 나섰다.

"재생의 검!"

상체를 뒤로 눕히며 검술의 비기를 사용했다.

생명력과 방어력을 크게 높여 주는 기술.

―생명력이 200% 증가합니다.

 주변 식물들의 영향에 따라 방어력이 증가합니다.

 황폐화된 나무와 풀이 남아 있는 모든 힘을 전달해 줍니다.

 방어력이 12% 늘었습니다.

차자장!

로아의 명검과 암살자가 들고 있는 단검이 짧은 거리에서 쉬지 않고 부딪쳤다.

처음에는 쇄도하던 암살자의 공격이 그대로 적중될 것 같았지만 위드는 그것을 간신히 막아 냈다.

"꺄아악!"

"위드 님!"

"피하세… 응?"

다가오던 동료들이 볼 때에는 습격해 온 암살자에게 당할 순간이었는데 바로 대응하며 막고 있었다.

그러자 암살자가 손을 뿌렸다. 이번에는 5개의 단검이 그대로 위드에게 날아왔다.

"심판의 투척!"

암살의 비기!

독을 바른 단검을 던져서 상대의 몸에 적중시킨다.

'이야기를 들은 적 있어. 무섭도록 강한 기술이다.'

단검 하나로 생명력에 입힐 수 있는 피해가 10만에 달한다. 물론 그중 절반 정도는 독에 의해 지속되는 피해였지만.

암살자는 생명력이 적고 방어 스킬이 없는 대신에, 짧은 순간의 공격력은 최강이었다.

위드는 로아의 명검을 휘두르며 3개의 단검을 쳐 냈다.

눈 질끈 감기와 같은 방어 스킬은 별로 의미가 없는 상태!

'거리를 둬야 한다.'

몸으로 2개의 단검을 맞아 주며 발동시킨 차원문의 장갑을 이용하여 공격 범위를 빠져나왔다.

10미터의 거리를 두고 나서야 숨을 한 번 고를 여유가 생겼다.

"치료의 손길!"

위드가 믿는 건 이리엔과 같은 든든한 사제들이었다.

줄어든 생명력이나 중독은 금방 치유해 줄 수 있었으니까.

"드워프, 살아남는 실력이 제법이군."

칠흑 같은 어둠으로 몸을 감싼 즐탄이 천천히 말을 걸어왔다.

케이베른의 레어를 지키던 보스급 적 중 1명이 나타난 것이다.

위드는 즐탄에게서 시선을 떼지 않은 채 날쌘 찬바람에게 귓속말을 전했다.

-반경 2킬로미터 내에 추적해 온 다른 적이 있습니까?

-죄송합니다. 아마 잿더미 사이에서 움직인 것 같은데 미처 발견하지 못했습니다.

-지나간 일은 됐습니다. 적은요?

-소규모 몬스터들이 존재합니다. 그 외에 특별한 움직임은 보이지 않습니다.

-케이베른은요?

-서쪽의 드워프 마을로 향하고 있습니다.

어렵지 않게 견적이 나왔다.

'암살자들은 추적 계열의 스킬이 있긴 하지. 어쩌다 내 흔적을 따라온 건가.'

위드는 페일과 양념게장에게 가볍게 눈짓을 했다.

-알겠습니다.

-후후후후.

티스 마을에서 기다리던 동료들과 고레벨 유저들이 슬그머니 뒤로 물러나더니 주변을 둘러싸며 자리를 잡았다.

양념게장의 경우에는 그대로 그림자에 몸을 숨겼다.

위드가 로아의 명검으로 손바닥을 탁탁 내려치며 말했다.

"야, 너 혹시 혼자 왔냐?"

"하찮은 드워프 따위를 죽이는 데는 혼자로도 충분하다."

즐탄은 위드를 케이베른의 레어를 털어 간 수많은 드워프 중의 1명으로 알고 있었다. 도적단의 진정한 악당 보스도 몰라보고 순진하게 쫓아오고 만 것이다.

위드는 깊은 한숨을 내쉬었다.

"휴우우우우."

"두려운가. 걱정하지 마라. 죽음은 가까운 곳에 있다."

보스급 몬스터를 유인해서 잡는 경우는 많다.

다른 부하들을 먼저 제거하거나, 사냥하기 좋은 장소에서 덫을 깔아 놓고 기다린다.

위드는 보통의 경우에는 시간이 걸리기 때문에 유인하는 방식은 취하지 않았다.

"이걸 보고 굴러들어 온 떡이라고 하는 건가. 드래곤 레어를 신나게 털었더니 덤까지 딸려 오네. 도대체 앞으로 얼마나 재수가 없으려면 운이란 운은 오늘 다 써 버리는 걸까."

페일과 파이톤 그리고 티스 마을에서 합류한 드워프 전사들. 최소 100여 명의 유저들이 주위를 둘러싸고 있었다.

보통의 보스급 몬스터라면 도망이라도 칠 텐데, 즐탄은 인간들과 드워프들을 한참이나 얕잡아 보고 있었다.

케이베른이 인간들을 무시하는 것처럼, 그 부하마저 비슷한 행동을 취하는 것.

"바로 시작합시다."

위드의 말이 떨어지기가 무섭게, 즐탄의 오른쪽에서 페일의 화살이 쏘아졌다.

"가자아!"

"죽여!"

유저들도 사방에서 일제히 덤벼들었다.

드래곤의 레어에서야 불리한 상황이었으니 방어하는 싸움을 했다. 하지만 이곳까지 제 발로 온 보스급이라면, 먼저 잡는 사람이 임자인 것!

"나약한 놈들! 전부 죽여 주지."

즐탄은 단검을 뿌리고 연막을 터트리며 싸움을 시작했다.

"조화의 빛!"

"강렬한 섬광!"

"일렁이는 바람!"

수많은 마법이 연막을 그대로 씻겨 나가게 만들었다.

은신술을 펼칠 수 없게 유저들이 가까이 달라붙었고 그다음에는 화염과 얼음, 벼락의 마법 공격도 집중되었다.

"섬광 폭풍!"

"으아악!"

"누가 광역 마법 공격 했어?"

"진정하고, 적당히 자제하면서 싸워요!"

매초마다 온갖 마법들이 적중되는 즐탄!

놀랍게도 대부분의 마법들이 어둠에 사로잡혔지만 그럼에도 일부는 그대로 적중되었다.

드워프 10명을 죽였지만 암살자인 탓에 금세 생명력이 줄어들고 있었다.

위드는 로아의 명검을 쥐고 인간적인 고민에 빠졌다.

'막타를 칠까, 말까.'

아무래도 즐탄을 처치하면 전투 공적을 올릴 수 있었다.

'너무 노골적이지 않을까? 솔직히 나를 질투하거나 시기하는 무리도 꽤 있을 텐데.'

그러나 다른 사람들에게 욕을 좀 먹더라도 이런 기회를 놓친다는 건 멍청한 일이었다.

'그래, 그게 맞지. 양심의 가책은 조금 뒤에 느껴도 돼.'

파바바바밧!

다른 유저들의 공세가 한층 거세지고 있었다.

그들도 즐탄의 최후가 머지않았다는 것을 직감한 것이다.

'잡자!'

'내 것이다!'

즐탄이 독을 바른 장검을 꺼내서 휘두르며 저항하자 드워프들이 피해를 입었다.

그럼에도 즐탄의 최후를 자신이 가지려 마구 덤벼드는 유저들.

마법사들, 사제들도 최강의 공격 기술을 준비하고 있었다.

'이건 1초도 안 되는 싸움이다.'

즐탄의 남은 생명력을 확인할 시간도 없다. 그냥 본능에 맡기고 공격을 때려 부어야 하는 것.

모든 유저들이 그의 최후를 노리고 있을 때였다.

즐탄의 등 뒤에서 그림자가 길게 늘어나더니 바로 덤벼들었다.

"사형수의 칼날!"

상대의 생명력이 5% 이하로 떨어져 있으면 그대로 즉사시키는 암살자 스킬.

양념게장의 출현이었다.

"아, 안 돼!"

"이게 뭐야! 이럴 순 없어!"

드워프 유저들이 비명을 질렀다.

"에잇, 잔혹한 도끼질!"

"종말의 내려치기!"

"광분!"

저마다 최고의 스킬을 즐탄에게 적중시키는 유저들.

케이베른이라면 높은 저항력과 생명력으로 당연히 버틸 수 있겠지만, 암살자 즐탄에게 그런 능력은 없었다.

-울타 산맥의 죽음을 관장하는 암살자 즐탄이 영원한 안식에……

위드는 양념게장이 나타나는 순간 차원문을 연달아 통과했다.

유저들이 차원문의 입구나 출구에 있는 경우도 있어서 조금 헤맸고, 그 짧은 순간 찰나의 조각술을 쓰는 것도 고민했다.

'찰나의 에너지가 얼마 안 남았고, 케이베른을 상대하기

위해 모아 두어야 하는데…….'

딱 3미터 정도의 거리를 남겨 놓았는데 최후의 안식을 맞이해 버리는 즐탄!

어둠과 함께 흩어지는 즐탄의 몸에는 근접 공격 외에도 마법, 정령술, 화살 등 수많은 공격들이 뒤늦게 적중되고 있었다.

유저들의 관심사는 즐탄과 싸워서 이기는 것이 아니었다.

"뭐야, 누가 먹었어!"

"누구지?"

유저들이 주위를 두리번거리면서 찾았다.

서로가 서로를 의심하며 누가 먹었는지를 확인하고 있을 때였다.

양념게장이 슬그머니 나타나서 즐탄이 떨어뜨린 아이템들을 주웠다.

"뭐야, 결국 게장 님이 먹었어?"

"암살자 양념게장. 양념게장 님이 먹었다."

"완전 재수 없네."

"재주는 곰이 부리고… 막타는 양념게장 님이 쳤네."

유저들의 원망을 한 몸에 받게 된 양념게장!

양념게장으로서도 억울하고, 할 말은 있었다.

본래 드래곤 레어에서도 즐탄을 견제했던 건 그였다.

치명적인 공격력을 가진 암살자들은 원래 기습을 하고, 마지막 최후의 숨통을 노리는 것도 전투의 정석.

그렇지만 정작 막타를 치고 나니 이곳에 모인 모든 유저들의 원망을 받을 수밖에 없었다.

전투에 기여한 정도에 따라 공적치가 나뉘긴 했어도 마지막에 죽인 것만큼은 못하니까.

위드는 로아의 명검을 집어넣고 걸어가면서 말했다.

"사람이 양심이 있다면 그렇게 살면 안 됩니다."

"……"

"저도 막타를 칠 줄 몰라서 안 친 게 아니에요."

"……"

토르의 드워프 유저들은 거대한 변화를 맞이하게 되었다.

먼저 울타 산맥과 사이고른 산맥에 걸쳐 큰불이 일어났고 그다음으로는 케이베른이 지휘하는 몬스터들이 침공했다.

"위드의 도둑질 때문에 이게 무슨 일이야?"

"집도 대장간도 다 날아가고, 완전 망했어."

"고향이 사라진 건 어떻고. 4년이나 살던 고향인데……"

케이베른은 드워프들을 복수해야 할 대상으로 삼았다.

빈집 털이를 당한 날 드워프 도시 5개를 박살 내고, 막대한 공물을 요구했다.

평소에 제공하던 드워프들의 상납품도 10배씩으로 늘어나게 된 바!

"이걸 어쩌라고… 그냥 죽으라는 거잖아."

드워프 유저들은 위드가 죽이고 싶을 만큼 미웠다.

로열 로드와 관련된 종족 게시판마다 위드에 대한 비난과 하소연이 줄을 이었지만, 그 파장이 심각하게 커지지 않았다.

드워프 종족 퀘스트!

드래곤 레어를 턴 것은 드워프 종족의 숙원을 해결한 것이기도 하다.

물론 퀘스트 자체는 희생의 화로를 훔치라는 것이었지, 보물을 최대한 많이 털라는 말은 없었지만…….


-케이베른은 심각한 악룡이죠. 드워프로 사는 유저들이라면 모두 느끼고 있었을 겁니다. 아마 저 드래곤을 해치울 수 있는 퀘스트가 언제든 생길 거라고요.

-그게 지금일까요? 도무지 힘에서부터 불가능하게 보이는데.

-드워프의 숙원. 종족 퀘스트를 진행하고 있는 건데 피해가 생기는 것도 어쩔 수 없는 일이 아닐까요. 드워프라면 참아야죠.

-집 잃어 봤어요? 저는 1년 넘게 돈 모아 장만한 집이 이번에 날아갔어요.

-그건 인정. 위드가 우리 드워프들에게 너무 큰 피해를 입혔음.

-꼭 퀘스트에 성공해서 케이베른을 물리쳤으면 좋겠어요. 사실

이번에 인간들이 표적이 되었지만, 그 전에는 쭉 드워프들이 괴롭힘을 당했잖아요? 적어도 더 이상 삥 뜯기고 살지 않았으면 좋겠어요.

아르펜 제국에서는 신속하게 성명을 발표했다.

위드는 별 관심도 없었지만, 서윤이 피해자를 안타까워하면서 구제안을 만들었다.

-피해가 생긴 점에 대해 진심으로 사과드려요. 토르 지역에서 집이나 대장간을 잃은 유저분들은 아르펜 제국으로 오세요. 더 좋은 집과 대장간을 무료로 지어 드릴게요. 편하게 정착하실 수 있도록 3개월간 철광석과 각종 재료도 원가에 공급해 드릴게요.

드워프들은 터전을 잃긴 했지만 아르펜 제국이 적극적으로 손을 내밀었다.

그동안 로열 로드에서 퀘스트로 인한 피해가 생기더라도 이를 보상해 주는 일은 없었다. 명문 길드가 죽이거나 약탈을 해도 힘의 원리에 의해 짓밟혀야 했다.

그런데 종족 퀘스트의 진행에 따른 피해를 아르펜 제국이 나서서 보상해 주니, 드워프들의 불만은 누그러질 수밖에 없었다.

# 라면의 날

드래곤의 레어를 성공적으로 털고!

이현은 막대한 장비들을 처분해야 한다는 행복한 고민에 잠겼다.

"이걸 한꺼번에 전부 팔아먹긴 무리고……."

경매 사이트마다 거래가 많이 줄어 있었다. 드래곤의 장비들이 풀린다면 즉시 사기 위해서였다.

"당장 돈을 많이 벌면 숟가락 올리려는 사람들이 나타나겠지."

이현은 도둑 영화를 볼 때마다 나눠 먹는 문제로 팀이 깨지는 걸 보며 교훈을 얻었다.

"마무리를 잘 지어야 해."

보물들을 정리하는 일은 천천히 진행하기로 했다.

이미 챙겨 놓은 보물들이 어디로 사라지는 것도 아니다. 드워프들과 타격대, 마판 상단에 나눠 주고도 절반은 넘게 남을 테니까.

"엄청난 돈을 벌게 되었군."

이현은 담담하게 말했다.

"평소에 사고 싶었던 것들도 사고……."

두툼한 겨울 점퍼를 구입하리라.

시장 옷들은 아무래도 방한 기능 면에서 백화점에서 파는 브랜드 점퍼들보다 못했다.

"세일을 최대한 하는 걸로 찾아보면 그리 비싸지 않게 살 수 있을 거야. 그리고 남은 돈으로는 전부 부동산을 사야지."

결국은 부동산!

이현이 그렇게 마음을 먹으면서 인터넷을 하는데 검색 순위가 보였다.

드래곤 레어 빈집 털이
악룡 케이베른
울타 산맥 산불
오베론 죽음
서윤 몸매
케이베른 레어

서윤 눈코입
서윤 키
드래곤 레어 보물
서윤 목소리


검색어 대부분을 휩쓴 드래곤 레어의 빈집 털이.

서윤의 경우에는 일 년 내내 대부분 검색어 상위권에 있었으니 특별한 게 아니었다.

"근데 오베론 님이 죽었나?"

관련 동영상도 있었는데, 몬스터들에게 고립된 운송 팀 드워프들을 구하기 위해 홀로 적진에 뛰어들었다.

동료들을 살리고 결국에는 사망.

희생의 화로를 사용해서 능력을 크게 높여 놓았기 때문에 많은 이들을 살렸다.

몬스터들을 집중시킴으로써 다른 운송 팀의 무사 도주를 돕기도 했다.

"이분은 여기서 또 공을 세우고 있었구나."

이현은 오베론이 고마우면서도 찝찝했다.

'저렇게 살면 인생이 재미가 있을까?'

자기 자신을 위해 살아야 뿌듯한 게 아니던가.

도무지 이해할 수 없는 인생 유형이었지만, 어쨌든 고마운 건 고맙게 느껴졌다.

"레어에서도 그렇고 오베론 님의 공이 가장 컸다는 건 인정해야지. 이러면 최소한의 양심이란 게 있는데. 장비 2개로 때울 건 아닌 것 같은데."

어떤 보상을 해 줘야 할지 크게 고민이 되었다.

이현은 일단 성의가 중요하다고 생각되어 방송국을 통해 희생의 화로를 썼던 오베론과 드워프들의 연락처를 받았다. 그리고 직접 문자를 보냈다.

-안녕하세요, 위드입니다. 이번에 드래곤 레어에서 크게 도움을 주셔서 감사합니다.

고마움을 마땅히 표현할 방법이 없는데. 흠흠.

내일 식구들끼리 라면을 먹기로 했습니다. 맛있게 담근 김치와 직접 빚은 만두도 나옵니다. 오렌지 주스도 있죠.

생각 있으시면 와서 드실래요?

이현이 직접 끓여 주는 라면.

별거 아닌 것 같지만 방송국 사람들이 들었으면 깜짝 놀랄 정도로 후한 대접이었다.

물론 단체 문자를 받은 유저들이 많이 참석할 거라는 기대는 하지 않았다.

"바쁜 사람들일 텐데, 설마 라면 먹으러 오란다고 진짜 오겠어? 문자로 성의나 보이는 거지."

특히 오베론은 다른 유저들과는 다르게 외부 활동을 많이 하지 않는 것으로도 유명했다.

로열 로드에서는 길드를 창설하고 적극적으로 사람을 이끌지만, 현실에서 인터뷰나 방송 출연은 하지 않았다.

그런데 잠시 후에 유저들의 답장이 왔다.

-영광입니다. 꼭 가겠습니다.

-이런 날이 다 오는군요. 죽은 게 조금도 아쉽지 않습니다!

-평생 뵙고 싶었습니다.

-진심 초대해 주셔서 고맙습니다. 반드시 가겠습니다.

-회사에 휴가 신청했어요. 부장님이 흔쾌히 허락해 주심. 사인 한 장만 해 주세요.

-당장 달려… 아, 내일이군요. 내일까지 어떻게 기다리지! 뜬눈으로 밤을 지새우고 달려가겠습니다, 슝슝.

물론 한국에 살지 않는 유저들도 있었다.

-항공편 예약했습니다. 파리를 거쳐서 내일 새벽 한국에 도착합니다. 기대되네요.

-저 엄마랑 같이 가도 돼요? 엄마도 가고 싶어 하시는데. 여긴 모스크바입니닷.

-일본입니다. 인형 들고 갈 테니 사인 부탁드려도 될까요? 와이번, 빙룡을 포함한 조각 생명체 45종 세트 전부 가지고 있어요!

-터키에서 가요. 지금 바로 출발합니다. 무척 두근거리네요.

이현은 푹 한숨을 쉬었다.
"그냥 집에서 라면이나 끓여 먹지, 이걸 오란다고 정말 오네."
사람들이 어지간히 눈치도 없었다. 그리고 오베론의 답장도 뒤늦게 왔다.

-문자 확인이 늦었네요. 바로 비행기 타겠습니다.

도무지 푸념이 나올 수밖에 없는 상황이었다.
"이 사람들, 평소에 라면도 못 먹고 살았나?"

뜻하지 않게 일이 커진 라면 파티!

이현은 다음 날 새벽에 일어나서 서윤과 같이 시장으로 걸어갔다.

"점심에 손님들이 오면 라면을 끓여 줘야 돼."

"알아요. 방송에서 봤어요."

"방송?"

"네. CTS미디어에서 속보로 떴어요. 드워프들에게 라면 파티를 열어 준다고요."

"……."

집에서 라면 끓여 주는 일까지 속보로 전달하는 방송국!

이현은 유명해진 이상 어쩔 수 없이 감수해야 할 피해라고 생각했다.

"아무튼 사람들이 찾아오는데 성의 없이 그냥 라면만 끓여 줄 수는 없게 되었지."

"소고기도 사야겠죠?"

"아니, 그 정도는 아니고… 라면에 이것저것 넣어 주자. 아낄 때는 아껴야 하지만, 찾아오는 사람들에게 밥으로 인색하게 굴면 안 된다고 했어."

어릴 때 돌아가신 부모님의 추억이 많진 않았다.

그렇지만 집에 손님들이 오면 엄마가 요리를 잔뜩 차려 줬던 기억이 났다.

"바지락도 사고… 꽃게도 조금 사자. 꽃게 국물에 끓여 주면 기가 막힐 테니."

"생선회를 뜨는 건 어때요? 매운탕도 끓여 주게요."

"다시 말하지만 그 정도까진 아냐."

이현은 매정하게 잘랐다.

참석 의사를 밝힌 유저들만 무려 28명이나 되었으니까.

둘은 시장을 돌면서 생활용품과 식자재를 구입하며 일상에서의 데이트를 즐겼다.

이현은 점심시간이 다가오자 이혜연에게 입단속을 철저히 시켰다.

"다른 드워프들도 그렇지만, 오베론 님 오면 키 작다고 놀리면 안 돼."

"알았어, 오빠."

"기본적인 예의는 지켜야지. 외모를 가지고 놀리면 안 되는 거야."

"나 안 그래. 그리고 드워프는 종족이 작은 거지, 실제 키는 상관없잖아."

"방송 출연 안 하는 거 보면 몰라? 분명히 나보다 훨씬 키

작고 못생겼을 거야."

"이상하네. 사람이 착해서 그렇지 리더십도 있고, 사람들을 이끄는 태도를 보면 아닐 것 같은데."

"어허……."

"조심할게."

이해가 안 되는 논리였지만 이혜연은 일단 수긍했다.

가벼운 잔소리를 잘 받아 주지 않으면 10시간짜리로 이어질 여지가 있었다.

오래전에 나쁜 친구들과 밖으로 나돌던 시절에 끝까지 반항하다가 다리가 부러졌었다. 그 아픔이 대단했지만, 다음에 이어진 일에 비하면 약과였다.

다리가 다 나을 때까지 매일 옆에서 10시간씩 잔소리를 하는 이현!

"우린 엄마, 아빠가 다 없잖아! 거지꼴로 다른 애들 보기 창피해서 얼마나 학교 다니기 힘들다고!"

거칠게 말대꾸를 해 봐도 효과가 없었다.

일단 시작된 잔소리는 과정과 결과까지 정해져 있었다.

"가난한 게 창피해? 그럼 아직 좀 더 버틸 만한 거야. 네가 어릴 때는 기저귀를 갈아 주고 매일 업고 다녔었는데. 다 잊어버렸구나. 똥오줌도 그렇게 못 가렸었는데."

기억도 안 나는 아기 때부터 시작하여 시간의 흐름에 따라 학교를 보내기 위해 책가방이나 헌 옷을 주우러 다녔던 에피

소드까지 나온다.

끝도 없이 쏟아지는 옛이야기에, 지금의 행동들이 어떻게 잘못되었는지 하나하나 분석해 가면서 잔소리를 펼쳤다.

과거와 현재, 미래에 대한 걱정까지. 시간의 흐름에 따라 기승전결까지 갖춘 잔소리 폭격!

'휴, 엄청나다.'

이혜연은 지쳐서 잠들었다.

하지만 다음 날 아침이면 잔소리가 다시 시작되었다.

닷새 정도 잔소리를 들었을 때, 이혜연은 생각했다.

'내가 의외로 똑똑할지도? 무슨 잔소리를 하는지 다 외울 지경이야.'

그렇게 20일을 잔소리를 들으니 머리가 아파 왔다.

'차라리 맞는 게 속이 편해. 잔소리를 끊임없이 들으니 진짜 죽을 것 같아.'

이혜연은 그날 이후로 완벽하게 변했다.

나쁜 친구들은 전부 끊고 공부도 열심히 하며, 잔소리를 할 기회 자체를 제공하지 않았다.

"너……."

"이번 달 영어 시험 98점 맞았어. 1개 틀렸는데, 다음 시험에서는 100점 맞을게."

"아는 문제도……."

"응. 두 번, 세 번 확인해서 실수를 줄일게."

"친구들은······."

"응, 학교에서 착실하게 공부하는 애들이야."

"공부만······."

"공부만 하지 않고 취미 생활도 다양하게 하고 있어. 책도 읽고, 운동도 빠지지 않고 해."

사람의 영혼을 바꿔 놓은 잔소리!

그때 이후로도 몇 번씩 이현이 잔소리를 하는 악몽을 꾸며 벌떡벌떡 일어나곤 했다.

'언니도 잔소리를 들을까?'

이혜연은 오빠의 실체를 알게 되면 서윤이 뒤도 안 돌아보고 도망칠 거라 걱정했다.

몇 마디만 들어도 질리는 게 잔소리인데, 3~4시간씩 쏟아낸다면 누구라도 버티지 못할 테니까.

'솔직히 다른 남자들도 많은데. 언니가 떠나고 나면 오빠도 크게 상처를 받겠지?'

언제 서윤에게도 잔소리가 시작될지 모른다.

울어도 그치지 않고, 반성을 해도 소용이 없는 무자비한 잔소리의 폭격.

그 조마조마함이 매일 이어져 내려왔다.

이혜연은 걱정되는 마음에 서윤을 찾아갔다.

"언니, 오늘은 오빠를 경계해야 돼요."

"응?"

"드워프들한테 라면 끓여 주잖아요. 오빠 기분이 아주 안 좋을 거예요."

"많이 안 좋을까?"

"제가 동생이라서 아는데, 조심해야 돼요. 특히 남자들한테는 무슨 일이 있어도 말 걸지 마세요. 우리 오빠가 질투심이 굉장히 많거든요."

"여자 친구 때문에 질투한 적 있었어?"

"여자를 사귄 일 자체가 없었지만… 딱 보면 알잖아요. 속 좁고 질투심이 굉장히 많을 거예요."

서윤은 단호하게 고개를 저었다.

"그런 사람 아니야."

"진짠데. 거기다 이건 진짜 비밀인데. 본인 스스로는 굉장히 잘생겼다고 생각해요."

"세상에서 가장 멋진데?"

"……."

이혜연은 잔소리를 2시간 정도 들은 듯한 혼란이 찾아왔다.

'콩깍지에 파묻혔구나.'

그럼에도 최후의 정의를 지켜야 한다는 생각에 조심스럽게 말했다.

"실은 오빠가 잔소리가 아주 심해요."

"좀 더 잘했으면 하는 바람에서 하는 말이잖니. 난 다 이해하는데."

이혜연은 어릴 때부터 오빠에게 여자 친구가 생긴다는 건 현실에서는 이루어질 수 없는 일이라 생각했다.

심지어 둘이 달달하게 지내는 모습까지 수시로 볼 수 있었다.

'내가 살려면 빨리 독립해야 되겠어.'

이현의 집 앞에는 방송국 카메라들이 수십 대나 기다리고 있었다.

한류 스타가 공항을 지나갈 때나 볼 수 있는 장면!

"거기 비켜요!"

"자기 촬영 구역 지켜 주시고요."

기자들은 이현의 집에 초대받은 사람들이 들어갈 때마다 인터뷰를 했다.

"드디어 왔군요. 저는 암스테르담에서 출발했습니다. 한국 라면은 처음인데… 굉장한 영광으로 생각합니다."

"오늘은 특별하고 멋진 하루죠. 집에 있는 아이들에게 두고두고 자랑할 일이 생겼습니다. 아빠가 위드 님이 끓여 주는 라면 먹는다! 참, 제 아이들의 소원은 위드 님처럼 되는 것입니다."

"제 꿈이 이루어진 날입니다. 굉장히 맛있는 라면을 먹을 것 같아서 기대가 됩니다.”

그렇게 참석자들이 인터뷰를 마치고 점심 전에 전부 들어왔다.

그중에서도 오베론의 존재감은 단연 돋보였다.

“안녕하세요. 오베론입니다.”

금발의 청년이 웃으면서 말을 건네 왔다.

잡지나 방송에서 흔히 볼 수 있는, 전형적으로 재수 없게 잘생긴 미남의 얼굴이었다.

“정말 오베론 님이신가요?”

“맞습니다. 위드 님을 뵙게 되어서 굉장히 영광입니다.”

“한국어를 잘하시는데요?”

“취미로 배웠습니다.”

“취미요? 그럼 다른 나라 말도 할 줄 알아요?”

“예. 중국어와 일본어, 프랑스어도 조금 할 줄 압니다.”

잘생긴 외모를 가진 데다 똑똑하기까지 한 오베론!

이윽고 마당에 상을 펼치고 사람들이 줄줄이 앉아서 이현이 끓여 주는 라면을 먹었다.

“잘 먹겠습니다.”

꽃게와 여러 종류의 해산물, 생선 기름으로 국물을 낸 이현의 특제 라면.

문제가 있다면 너무나도 맛있다는 점이었다.

“앗, 뜨거!”

"미치겠네. 뜨거운데 맛있어서 식을 때까지 기다릴 수가
없어."

"스테이크? 이런 맛이라면 평생 그냥 라면만 먹고 살아도
될 것 같다."

국가별 입맛 취향도 없애는 맛이었다.

미각을 완벽하게 만족시킨 후에 목구멍으로 내려가며 이
루 말할 수 없는 충족감을 안겨 준다.

그래, 수고했어.

지금까지 열심히 살았지?

인생은 힘든 일도 많지만 보람과 기쁨도 생길 거야.

앞으로도 힘내자.

국물이 영혼을 가지고 뜻을 전달해 주는 것만 같은 그런
미친 맛!

국물 한 모금에 인생의 깊이가 담겨 있었다.

28명이나 되는 사람들이 그릇을 비우고 나서도 일어나지
않았다. 김치, 단무지도 깨끗하게 비워졌다.

"혹시 라면이 더… 없…나요?"

누군가가 조심스럽게 물어 왔다.

이 순간 라면보다 더 중요한 건 세상에 아무것도 없었다.

그들은 어떻게 해서든 한 그릇이라도 더 먹고 싶었다.

이현의 미간이 꿈틀거리긴 했지만, 최소한의 양심은 있었다.

멀리서 비행기까지 타고 왔는데 한 그릇만 준다면 얼마나 매정한 일인가.

"기다리시면 더 끓여 올게요."

"만세!"

"고맙습니다, 위드 님!"

열렬한 환호를 받으며 다시 끓이는 라면.

사람들은 앉은 자리에서 두 그릇, 세 그릇씩 먹어 치웠다.

이현의 미간이 점점 좁아져서 달라붙고 있었지만, 그들은 라면이 올 때마다 바로 면발을 후후 불어서 게걸스럽게 먹어 치웠다.

배 속에 뜨끈한 라면이 들어가자 슬슬 말문도 트였다.

실제로 만나는 건 처음이지만, 그래도 로열 로드에서는 친한 이들이었다.

"라면을 먹으니 위드 님이 조각사로 시작했던 게 아쉽지 않아요?"

"맞아요. 요리사를 했으면 다 쓸어버렸겠죠."

"이 라면 맛을 보여 주셨으면 헤르메스 길드원들도 다 탈주했을걸요."

"로열 로드에는 라면이 없잖아요? 해물탕은 끓이겠지만."

"위드 님이잖습니까. 밀가루를 반죽해서 면을 뽑아내고

국물을 만들어 내는 건 어렵지도 않죠."

"로열 로드에서 좋은 재료들로 요리를 하면 그냥 최고겠네요."

이현의 요리 실력은 정평이 나 있었지만 그중에서도 가장 잘하는 게 라면이었다.

어릴 때는 매일같이 제일 싸게 파는 라면을 끓여 먹었다.

아침저녁으로 먹으면서 맛을 내기 위한 고민을 수없이 했고, 면발을 탱글탱글하게 유지하기 위해 끓이면서 젓가락으로 휘젓는 방법에 대해서도 연구했다.

한 봉지에 최고의 집중력을 바쳐서 끓였던 라면.

그 정수가 사람들에게 베풀어진 것이었다.

한 그릇씩이면 끝날 줄 알았던 라면 파티!

세 봉, 네 봉을 넘어 일곱 봉까지 먹어 치우는 괴물들도 있었다.

중간에 라면이 떨어져서 이혜연이 마트에서 무려 두 박스나 사 왔다.

"캬… 먹방을 찍어도 되겠다."

"한센 님, 네덜란드 분이라고 했지? 정말 많이 드신다."

그렇게 이현을 슬프게 만든 라면 파티가 끝나자 서윤이 오렌지 주스를 나눠 주었다.

"맛이 있을지 모르겠어요. 제가 직접 간 거예요."

"이런 영광이⋯⋯."

모인 사람들은 2명을 제외하고는 전부 남자였다.

그들은 감격하며 황송하다는 듯이 두 손으로 오렌지 주스를 받아 마셨다.

이현은 라면을 백 봉도 넘게 끓여서 피곤했지만 로열 로드에서는 오베론으로 활약하는 로페스의 옆에 앉았다.

로페스가 주위를 둘러보며 말했다.

"정말 아늑하고 정겨운 집이군요."

"직접 지은 곳이 많아서요."

이현이 틈틈이 집을 손보긴 했다.

나무와 타일을 사서 단장도 했고, 닭장과 개집도 만들었다.

작은 곳 하나까지 손때가 묻지 않은 곳이 없었지만 그렇다고 100% 만족하느냐 하면 그것도 아니었다.

평범한 주택을 좋아하는 사람들도 바로 옆에 지어진 서윤의 아름다운 저택을 본다면 누구나 다 공감할 것이다.

"저도 집을 짓고 싶었는데 아직 못 지어 봤습니다."

"그래요? 하긴⋯ 누구나 땅을 사서 집을 짓는 게 쉬운 일은 아니죠."

이현이 공감하며 맞장구를 쳐 주었다.

반지하 월셋방에 살 때만 해도 자신도 집이 한 채 있었으면 하는 소원을 품었다.

너무 커서 현실처럼 와 닿지 않는 소원을.

"가문에서 쭉 내려오는 오래된 집에서 살고 있거든요."

"몇 년이나 되었는데요?"

"150년 정도 되었습니다."

이현은 로페스의 말을 들으며 어딘가 불길한 예감이 찾아오는 느낌이었다.

보통 150년 된 집이라면 허물어지기 직전의 폐가를 연상하기도 한다. 그렇지만 가문에서 내려오는 집이라는 미묘한 어감 차이를 놓치지 않았다.

"혹시 땅 면적이 200평, 이런 거 아니죠?"

"200평요? 한국식 단위까지는 잘 모르겠는데. 290에이커 정도 됩니다."

"290에이커라… 옛날 집이라 그런지 좀 숫자가 많긴 하네요."

이현이 즉시 휴대폰을 꺼내서 계산기를 두드려 보았다.

충격적인 수치가 나왔다. 자그마치 35만 5천 평!

"290에이커라고요?"

"네."

"그 넓은 땅에 집을 지었어요? 농사도 같이 짓나 보죠?"

"말을 키우기는 합니다. 그리고 활주로가 있어서요."

"활주로요?"

이현은 뭔가 '집'과는 어울리지 않는 듯한 어색한 단어를 듣고야 말했다.

"집에 비행기가 있어요?"

"사진이 있는데 한번 보실래요?"

로페스는 휴대폰에 저장된 집 사진을 보여 줬다.

한국의 주택처럼 올망졸망하게 꾸며 놓은 마당이 있는 그런 집이 아니었다.

항공촬영으로 하늘에서 찍은 사진에는 활주로와 세 대의 비행기, 엄청난 면적의 정원과 대저택이 있었다.

"여기가 집이라고요?"

"플로리다와 LA, 샌프란시스코에도 집이 있지만 이곳이 제가 사는 본가입니다."

미국 대부호로서의 위엄을 자랑하는 로페스!

'이러니 방송 출연을 할 필요가 없지.'

소소하게 인터뷰 비용이나 광고 출연료를 받아서 어디에 쓰겠는가.

비행기에 기름 한 번 넣기도 힘들 텐데.

'이렇게 부자면 나도 200원 비싼 소금 사고 후회 안 했지. 돈을 왜 아껴. 아무리 써도 다 쓰질 못할 텐데…….'

이현은 아랫배가 살살 아파 오는 걸 참기 힘들었다.

"근데 라면을 먹으러 한국까지 왔어요?"

"하하, 예. 초대를 해 주셔서…….''

"집에 라면 없어요?"

아무리 부자더라도 위드에겐 공짜 라면을 일곱 봉이나 먹은 원흉일 뿐!

☙

위드가 다시 로열 로드에 접속했을 때는 대륙의 정세가 한층 위험해져 있었다.

드워프들의 왕국 토르는 그동안 케이베른의 집중 공격을 받았다.

"망했어, 내 광산……."

"내 집이 무너졌다고."

당장은 살아남았더라도 케이베른의 괴롭힘이 시작되었으니 드워프들은 토르 지역을 떠나서 강제 이주를 시작했다.

레어의 용아병들이 대륙의 각 지역으로 흩어져서 몬스터들을 더 많이 이끌고 덤벼 오고 있다.

서윤은 드워프들에 대한 적절한 보상 조치를 취하면서 이들을 포용해 냈다.

"지도를 바꾸어 버리는 드래곤이라… 과연 이 끝이 어떻게 될지 모르겠군."

드워프 종족 퀘스트가 발생한 것도 그렇고, 지금의 상황도 갈수록 위험해지고 있다.

"대도시들이 부서지고, 재난과 몬스터들의 증가. 아직까지는 버틸 수 있지만 언제쯤 끝이 날까."

엠비뉴 교단은 과거 베르사 대륙을 완전히 정복하려고 했었다.

위드가 퀘스트를 통해 위기를 넘기긴 했지만 상황이 심해졌다면 대륙이 그들에게 장악될 수도 있었다.

"헤르메스 길드가 막긴 했겠지만… 아마 나도 특수한 퀘스트가 아니었다면 이겨 내지 못했겠지. 엠비뉴 교단의 숨겨진 힘 같은 게 나오면 헤르메스 길드도 꽤 고전을 하지 않았을까?"

두 세력이 제대로 맞붙었다면 그것도 나름 볼만한 광경이었겠지만, 엠비뉴 교단은 대륙의 평화를 확실하게 위협했었다.

이번에도 드래곤에 의해 대륙이 파괴되는 걸 누구도 원치 않지만, 그런 일이 벌어질 수도 있었다.

로열 로드에서는 말 그대로 무엇이든 일어날 수 있기 때문이다.

"하필 지금이야. 이제 좀 먹고살 만해졌는데."

정말 드래곤을 막지 못하면 파국이 올지도 모른다.

용사 퀘스트가 뜬 것은 우연이 아니며, 악룡 케이베른을 막지 못하면 낙원은 사라지고 멸망한 세계에서 살아가야 하리라.

무거운 생각들이 위드의 머릿속을 차지한 것도 잠시였다.

-오셨습니까! 물건들은 지금 울고르 고원으로 모이고 있습니다.

케이베른의 레어에서 훔친 엄청난 보물들!

위드의 입가가 슬며시 벌어졌다.

-크흐흣, 잘 챙겨 놓았겠죠, 마판 님?

-물론입니다. 다른 마음을 품은 드워프들도 있었습니다만.

드래곤의 보물이 워낙에 막대하다 보니 욕심을 가진 드워프들이 있었다.

레어에서도 정신이 없는 상황이었고, 산불까지 일어난 틈을 타서 보물을 조금씩 챙긴 이들이 있었지만 대부분은 영상을 확인한 후 적발이 되었다.

그럼에도 운 좋은 어떤 이들은 걸리지 않았겠지만 그건 어쩔 수 없는 일이었다.

-바로 가겠습니다.

# 모라타의 위기

울고르 고원.

아이데른과 데일, 토르 사이에 위치한 높고 평탄한 지형이
었다.

마판 상단과 드워프들이 모는 짐마차들이 미리 정해진 언
덕 아래에 차곡차곡 모였다.

짐마차마다 가득 찬 보물들!

마판이 지팡이로 힘겹게 그새 더 살이 찐 몸을 가누며 말
했다.

"어떻습니까?"

"눈으로 보기만 해도 배가 부르군요."

위드는 그 말밖에는 할 게 없었다.

레어에 있는 보물의 삼분의 일도 제대로 못 훔쳐 온 것 같았지만, 울고르 고원에 모아 펼쳐 놓으니 어마어마한 양이었다.

"아쉽지만 운송 과정에서 잃어버린 게 21대입니다. 불행히도 추격해 오는 몬스터를 만난 경우도 있었고, 산길에서 서두르다 보니 수레가 부서지기도 했습니다. 산불이 워낙 위험해서 도주로를 바꾼 것도 타격이 있었지요."

위드는 마판의 가슴 아픈 보고를 받았다.

험한 울타 산맥에서 몬스터에게 쫓기며 급하게 운송을 했기 때문에 생긴 피해였다.

"우리가 챙긴 물량은 어느 정도죠?"

"장비는 4,000점 정도 됩니다. 귀금속, 광물, 마법 재료. 다양하게 챙기긴 했습니다."

"빈집 털이에 참여한 유저들에게 나눠 줘야 할 건 제외한 숫자죠?"

"그렇죠. 나눠 줄 장비들을 제외하고 보물, 골동품은 따로 가치를 확인하고 있는데, 양이 너무 많아서 빨라도 일주일은 걸릴 것 같습니다."

"흐흐흐."

"케헤헤헤."

위드는 마판과 함께 웃었다.

돈에 대해 이야기를 나눌 때는 가족보다도 마음이 확실하게 잘 맞았다.

'언제든 주의해야 할 인물이야. 바드레이보다 위험할 수 있지.'

친한 만큼 경계는 기본!

마판이 돈을 빌려 달라고 하면 기꺼이 빌려줄 수도 있는 사이지만, 선이자와 담보는 필수였다.

"위드 님, 근데 이런 장비들은 부르는 게 값이잖습니까? 하지만 돈을 낼 수 있는 유저들이 많지 않을 것 같은데요."

고레벨 유저들이라고 막대한 돈을 쌓아 놓고 살진 않았다.

100만 골드는 우습게 넘어 버릴 장비들을 살 수 있는 유저들은 한정되어 있고, 얼마 전에 영주들을 모집하며 대부분이 자산을 털어 넣었다.

마판은 경매에 넘겼을 때 시세가 낮아질 것 같아 걱정이었다.

"팔지 않을 겁니다."

"안 파신다고요?"

"네. 당분간은 임대로 돌릴 예정입니다."

고레벨 유저들은 그들끼리의 경쟁에서 이기기 위해 빚을 내서라도 임대를 하리라.

그리고 매달 열심히 사냥하고, 임대료를 갚아야 한다.

이것이 바로 '템거지'!

비싼 차를 사서 허덕이는 사람들에 비해서는 긍정적인 면도 있다. 어쨌든 사냥터에서 성장할 수 있다는 점이었다.

"장비들을 계속 돌리면서 임대료와 세금 수입을 충족시켜야죠."

"캬아, 역시 아직도 저는 배울 점이 많습니다."

마판은 끊임없이 감탄하고 있었다.

자신이 마판 상단을 베르사 대륙 전역으로 확장하는 사이에, 위드는 권력을 얻었다.

돈과 권력은 떼려야 뗄 수 없는 사이.

"크헤헤헤."

"흐흐흐흣."

헤르만과 파비오도 보물들을 구경한다는 명목으로 울고르 고원까지 달려왔다.

"검에 붙은 특성들이 굉장하군. 참신한 것들이 많아."

"드워프 장인들의 실력이란… 정성을 담아서 꼼꼼하게 잘 만들었어."

마스터인 그들도 상당한 노력을 해야만 만들어 낼 수 있을 장비들이 널려 있다.

대장장이란 금속이나 사물을 극한까지 연마하는 직업.

마스터인 그들은 장비들을 보는 것만으로도 스텟들이 조금씩 상승했다.

"여기 제 검을 손봐 주시겠습니까?"

위드는 드래곤 레어에서 구한 이름 없는 검을 두 드워프에게 보여 주었다.

"이런 검이 또 있었군."

"자아가 있는 검이야, 에고 소드. 이걸 만드는 비법은 대장장이의 비기 중 하나지."

헤르만과 파비오는 검을 들어 보고는 고개를 끄덕였다.

"균형도 잘 잡혀 있고, 흠잡을 곳이 없군."

"손에 잘 맞아. 쥐는 느낌마저 깔끔해."

두툼한 팔뚝에 키 작은 드워프 아저씨 둘이지만 검에 집중할 때는 전문가의 느낌이 물씬 풍겼다.

현실에서야 각자가 다른 인생을 산다지만 이들은 로열 로드에서는 검을 만들어 온 진정한 장인이었다.

"어르신들, 근데 대장장이의 비기 하나씩은 아직 꺼내지 않고 꽁쳐 놓은 거 알고 있습니다."

"헛."

"억, 그걸 어떻게……."

헤르만과 파비오는 깜짝 놀라서 눈을 크게 떴다.

위드는 그들을 보며 시큰둥하게 말했다.

"그냥 넘겨짚어 봤는데 반응을 보니 진짜 있으셨나 보네요."

"……."

가장 유명한 드워프 대장장이로서 쭉 지내 왔는데 비기 1~2개쯤도 없다는 건 말이 안 된다. 스킬의 특성에 대해서도 어느 정도 짐작하고 있었다.

'전투 계열의 스킬은 간단해. 그냥 더 센 스킬이지.'

검술의 비기는 위력이 강하다. 하지만 마나 소모량이 많고 스킬 숙련도가 잘 오르지 않는다.

예술 계열의 스킬은 기적을 불러오는 힘이 있지만 얻는 것 자체가 쉽지 않고, 쓸 때마다 스스로의 손실을 필요로 한다.

예술을 위해 자기 자신을 바치는 것.

어렵거나, 엉뚱한 방식의 퀘스트들을 진행하며 스킬의 비기들을 습득했다.

대장장이들의 경우에는 그 양상이 다르리라고 짐작되었다.

'노력과 실력 그리고 완성품으로 자신을 증명하는 직업. 대장장이의 비기는 검이나 방어구를 잘 만들지 못하면 얻지 못할 거야.'

그런 대장장이의 비기를 마지막 밑천으로 하나씩은 꿍쳐 놓고 있었으리라.

검과 갑옷의 제작을 의뢰했을 때에도 꺼내 놓지 않은 마지막 호주머니!

"이해는 합니다. 장인의 숙명과도 같은 일이겠죠. 수년의 노력으로 얻은 실력을 자신의 것도 아닌 다른 사람이 의뢰한 물품에 쏟아붓기란 쉽지 않았을 테니 말입니다."

위드는 진심으로 이해한다는 듯이 고개를 끄덕였다.

경쟁을 붙이긴 했지만 그래도 최후의 한 수씩은 남겨 놓았다.

당연한 말이지만, 자신이었어도 다른 사람의 검이나 방어구를 혼신의 노력을 다해서 제작해 줄 수 있었을까.

'배가 아파서라도 못 했겠지.'

대장장이 마스터들이 만드는 장비는 뭐든 훌륭했다. 하지만 하루 만에 만드는 검과 한 달 이상을 품어서 땀과 정성이 들어간 검은 차원이 다르다.

하늘 지배자의 갑옷.

두 사람을 쥐어짜서 만든 것이지만, 사실 그들의 전문 분야는 어디까지나 무기류이기도 했다.

위드는 입술에 침을 촉촉하게 발랐다.

"이번이 마지막 의뢰입니다. 이 검을 깨우고, 힘을 발휘할 수 있도록 만들어 주세요. 이걸 제대로 못하시면 더 이상 어떤 부탁도 드리지 않을 겁니다."

파비오와 헤르만은 솔직히 기분이 대단히 나빴다.

베르사 대륙 어디를 가더라도 최상의 대우를 받던 자신들이다.

"우리가 어느 순간부터 위드가 하는 의뢰들을 도맡아 하고 있군."

"그러게 말입니다. 다 해내고 나서도 제대로 대우도 못 받고, 핀잔만 얻어듣고 있습니다."

평범한 대장장이들이라면 화를 내고 떠나 버렸으리라. 하지만 자신들은 그럴 수 없는, 자존심 강한 대장장이 마스터였다.

다른 이유도 아니고 그들이 만들어 낸 물건에 만족하지 못한다는데 포기하면 체면이 떨어진다.

로열 로드를 하면서 쌓인 건 실력과 명예, 동시에 체면이었다.

헤르만이 녹슨 검신을 쓰다듬으며 말했다.

"이름 없는 검이라니, 원래대로 복구하면 어떤 모습일지 궁금하지 않습니까?"

"나 역시 도전해 볼 가치가 있다고 생각해. 마침 내게 에고 소드에 대한 비기도 있고."

"저는 바람의 속성 부여가 있는데… 추가로 넣을 수 있을 것 같군요."

"위드 저놈이 깜짝 놀랄 물건으로 만들어 보세. 다시는 우리 실력을 의심하는 일이 없도록 말이지."

파비오와 헤르만은 이름 없는 검을 최고의 명검으로 복구하기로 했다. 그것이 위드에 대한 최고의 복수가 되리라고 생각하며.

위드는 지금까지의 상황을 정리해 보았다.

하프 엘프 비슈르의 희생의 화로를 가져오라는 퀘스트!

용사 퀘스트의 진행이 있었고, 그 와중에 조각 변신술로 드워프의 종족 퀘스트도 받게 되었다.

"어디까지 도움이 될진 모르지만, 확실히 드래곤과 관련이 있단 말이지."

꽤 오래전에 드래곤 라투아스를 만나면서 실버 드래곤 유스켈란타의 조각품을 만들었다.

조각 재료를 알뜰하게 빼돌리며 한몫 챙겼던 사건!

-퀘스트 '드래곤 라투아스의 조사관'을 진행하기에 자격이 모자랍니다.
최소 480의 레벨이 필요합니다.
기품과 용기는 400 이상으로 필요조건을 달성했습니다.
주요 전투 스킬이 고급 7레벨에 도달하지 못했습니다.
퀘스트를 부여받지 못합니다.

그 당시에는 퀘스트를 계속 진행하지 못했지만 지금은 진행할 수 있는 상태다.

"이 퀘스트가 지금 돌아보니 상당히 수상하긴 하더란 말이지."

블루 드래곤 라투아스와 나누었던 대화가 떠올랐다.

-인간이여, 유스켈란타의 죽음에 대해서 어디까지 알고 있는가.

-저는 미약한 조각사에 불과합니다. 저는 아무것도 모릅니다. 설혹 알더라도 기억이 나지 않습니다.

-아직은 시기가 이르기는 하군. 그대의 능력도 앞으로 벌어질 일을 대비하기에는 모자라다. 언제든 이야기가 듣고 싶다면 내게로 찾아오라. 그대가 나서든, 나서지 않든 때가 되면 일은 벌어지게 될 것이다. 유스켈란타가 끝까지 지키려고 했던 인간들이여…….

위드는 뭔가 느낌이 간질간질했다.

"유스켈란타의 죽음. 인간들을 끝까지 지키려고 했다는 말이 마음에 걸려. 케이베른이 그냥 성질이 더러운 게 아니라… 이 뒤에 드래곤들의 뒤엉킨 음모나 퀘스트가 있는 게 아닐까?"

보통 이런 경우의 위험한 예감은 적중할 때가 많았다.

다만 섣불리 라투아스에게 가서 퀘스트를 진행하기 힘든 이유는, 만에 하나 정말로 케이베른과 상관이 없는 것으로 드러났을 경우다.

엎친 데 덮친 격으로 극악의 난이도일 드래곤의 퀘스트를 동시에 진행해야 할 가능성도 있었다.

"곤란하군. 아주 곤란해."

위드는 어느 쪽이든 악재라고 생각했다.

드래곤들끼리 연결되기라도 하는 날에는 사건의 규모가 훨씬 커지게 된다.

이미 대륙 전체에서 몬스터들이 난동을 부리고 있고, 토르 지역도 쑥대밭으로 변했다.

이 상황에 베르사 대륙에서 드래곤들의 난동이 벌어질 것처럼 느껴지는 이유가 무엇이란 말인가.

"아닐 거야. 그냥 잠을 못 자서 떠오르는 재수 없는 상상이지. 암. 그렇고말고… 아무리 내 팔자가 재수가 없고 생고생을 타고났다고 해도, 그렇게까지 최악으로 풀릴 리가 없어."

하지만 이미 인간, 드워프가 총동원되어 케이베른과 전면전을 펼쳐야 하는 구도로 가고 있었다.

로빈은 가르나프 평원에서 헤르메스 길드가 패배하는 순간 크나큰 상실감을 느꼈다. 세상에서 즐거운 의미를 잃어버린 기분이었다.

"위드… 결국 그놈이 전부 갖는구나."

재벌의 후계자로 태어나기 했지만 서윤과 베르사 대륙이라는 진짜 얻고 싶은 건 모두 위드의 차지였다.

"도대체 그 녀석이 뭐가 대단하다고……."

그가 다스리는 도시 아스는 최근에도 순조롭게 발전하고 있었다.

북부 대륙과 중앙 대륙을 연결하는 길목에 자리를 잡고 있어서 유저들이 많이 정착했다.

"이런 마을이 다 있었네. 광장이 정말 넓고 깨끗해."

"성벽도 튼튼하고… 주택가의 수로를 봐. 도시 구역 정비는 아주 잘되어 있어."

"무기점, 방어구점, 잡화점. 기본적인 상점들은 최고급으로 다 있고 필요한 건 시장에서 구하면 돼."

길을 걸어가는 유저들이 감탄의 말을 하는 걸 들을 때마다 로빈의 어깨가 올라갔다.

"진짜 위드 님 대단하다."

"……?"

로빈은 거리에서 들려오는 뜬금없는 말에 의아함을 느꼈다. 유저들은 웃으며 대화를 나누고 있었다.

"큰 그림을 일찍부터 그리신 거잖아. 내가 보기엔 중앙 대륙을 정복할 줄 알고 교두보로 이 마을을 준비해 놓은 거야."

"어. 유저들 불편하지 말라고 미리 챙기시는 거 보면 정말 대단하지."

"우릴 이렇게 꼼꼼하게 생각해 주는 분은 위드 님뿐이야."

"위드 님이 있어서 진짜 다행이야. 북부 대륙에서 시작한 우린 행운아들이라니까."

"······?"

도시가 발전할수록 모든 칭찬이 위드에게 쏟아지고 있었다.

"도대체 왜 그렇게 되는 건데? 이 도시는 다 내 건데."

로빈은 오해가 없도록 도시 입구에 팻말도 세워 놓았다.

　영주 로빈이 세운 도시.

　모라타처럼 처음부터 시작하여 모든 것을 발전시켰습니다.

　도시 아스의 상세한 역사로는······.

대략 이백 줄에 걸쳐서 도시 발전의 기록을 남겨 놓았다. 천문학적인 자금을 투자하며 세워 놓은 유저들을 위한 복지 정책도 잔뜩 설명해 놓았다.

"이 정도면 모두 내 공을 알아주겠지."

로빈은 비로소 안심하며 웃을 수 있었다.

그러나 그 팻말을 제대로 읽는 일반 유저는 극소수!

"위드 님이 최고네. 아스가 이 정도면 모라타 구경 가는 거는 진짜 기대된다."

"어. 이 부근에서 사냥을 좀 하다가 모라타로 가야지. 여긴 아직 유저들이 적어서 성벽 끼고 성장하기 편해."

"대지의 궁전도 좋다던데. 재수 좋으면 풀죽 여신님도 볼 수 있잖아."

"아, 맞네. 대지의 궁전부터 가자."

아스에서 시작한 유저들도 여러 지원책을 받아먹고 모라타나 대지의 궁전으로 이주할 생각뿐.

경매를 통해 주변 지역의 영주 자리에 오른 이들은 도시 아스에 자주 찾아왔다.

"대단하시네요. 근처에서는 이 도시가 최고인 것 같습니다."

"북부의 개척 도시 중에서는 1등으로 꼽을 만하지요."

"강철을 좀 수입해 가려고 하는데, 여유분이 좀 있을까요?"

인구, 기술력, 생산력에서 도시 아스가 주변 일대를 압도하고 있었다.

모라타나 대지의 궁전까지의 거리가 멀다 보니 북부 대륙과 중앙 대륙 사이의 거점 도시 역할을 이루어 냈다.

다른 영주들을 만날 때는 로빈의 콧대가 한껏 높아졌다.

"하하, 반갑습니다. 교역이야 언제든 환영이죠."

"이렇게 빠르게 도시가 발달할 줄은 몰랐습니다. 주민들이 매일 얼마나 늘어나죠?"

"매일 1,000명 정도 새로운 주민들이 등록되고 있습니다. 주말에는 2,000명 정도?"

"크, 굉장하군요."

"필요에 따라 주거지역을 늘려 주기도 바쁩니다. 도로도 확장해야 하고, 사냥터도 정비해 주면 좋아하고. 제가 상업

구역을 재개발하고 있다는 얘기는 했던가요? 3개월 만에 대대적으로 확장 공사를 하고 있습니다."

도시 아스의 발전상을 다 이야기하자면 하루로는 부족할 정도였다.

'모라타의 초창기가 이랬을까? 이 도시가 북부와 중앙 대륙을 잇는 상업과 무역, 생산의 거점으로 발달하다 보면 새로운 왕국이 태동하지 말란 법도 없지.'

군사력이 없는 부분이 마음에 걸렸지만 아르펜 제국도 유저들이 받쳐 줘서 이루어졌단 사실에 위안을 얻었다.

'지금처럼 도시를 빠르게 발전시키다 보면 유저들이 내 공적을 알아주는 날이 오겠지. 그래, 처음부터 쉬운 게 어디 있겠어. 방송에도 기회가 생기면 적극 출연하고, 주변 영주도 돈으로 포섭하면서……'

로빈은 자신이 가지고 있는 주식도 처분해서 도시 투자에 쏟아부었다.

'남들이 보기에는 무모하고 멍청한 짓이 될 수도 있다. 하지만 로열 로드의 가치는 대단하지. 전부 도시에 투자한 것이니 향후 수익도 낼 수 있을 테고… 세상일은 모르는 거 아니겠어?'

은근히 위드의 몰락과 패배를 기다리고 있었다.

모라타가 케이베른에 의해 불타고 대지의 궁전마저 부서진다면 북부 대륙에서 도시 아스의 가치는 더 오르리라 계산.

'모르긴 몰라도 조만간 모라타도 표적이 될 것이다. 언제가 될진 모르지만 이미 모라타보다 발전도가 높은 도시는 10개도 안 남았지.'

로빈은 그날을 위해 웃으며 칼을 갈았다.

울고르 고원에서 위드에게는 아무리 바쁜 시기라도 꼭 치러야 하는 행사가 있었다.

"날쌘 찬바람 님."

"구구구!"

비둘기 1마리가 땅으로 내려앉았다.

조인족 중에서 가장 걸출한 유저. 지금은 퀘스트 때문에 일시적으로 비둘기가 되었다.

"속도를 높여 주는 묘안석 목걸이를 하사합니다."

"고맙습니다, 위드 님."

"만세!"

"위드 님, 최고십니다!"

드워프 유저들이 밑에서 두 손을 번쩍 들어 올리며 환호했다.

케이베른의 레어, 빈집 털이 성공에 따른 포상 행사.

위드는 솔직히 레어에 들어갈 때와 나올 때의 마음이 달랐다.

'아무에게도 안 주고 혼자 다 먹고 싶어. 그냥 확 갖고 튀면 안 될까?'

안면 몰수하고 야반도주라도 하고 싶은 심정!

그렇지만 울고르 고원에서는 마판이 웃으면서 바로 옆에 바싹 달라붙어 있었다.

"헤헤헤헤."

"흠흠, 저 의심하시는 겁니까? 제가 말 바꾸고 보물을 안 나눠 줄 것 같아서요?"

"네? 전 웃기만 하고 아무 말도 안 했는데요. 크헤헤헷."

마판은 마냥 즐겁게 웃었다.

입가에 가득 차 있는 행복한 미소. 그렇지만 눈빛은 고요하게 가라앉아 있었다.

'언제 튈지 몰라. 무엇이든 가능해.'

'음, 역시 잠시도 방심하지 않는군.'

위드는 그 덕분에 중심을 잡을 수 있었다.

사실 냉정하게 생각하면 아르펜 제국의 황제 입장에서 보물들을 챙겨서 야반도주하는 게 얼마나 우스운 상황인가.

'깔고 있는 재산이 얼마인데. 당장 현금화하기에는 보물이 더 나을지 몰라도… 흠흠, 그래, 통 크게 보자. 하지만 왜 이렇게 아깝게 느껴지지?'

위드는 한 줄기 남은 미련을 떨치기 위해서라도 포상식을 진행했다.

"잘탈 님, 레어에서 목숨을 잃을 뻔하셨군요."

"별거 아닙니다. 위드 님께서 불러 주셔서 참여한 것만으로도 영광으로 생각하고 있습니다."

"여기 요청하신 갑옷 세트입니다."

"영광입니다."

포상식에 참여하는 유저들은 한껏 기뻐하며 장비들을 받았다.


－귀찮으면 오지 않으셔도 됩니다. 장비들은 따로 지급해 드릴 수 있으니까요.


참석이 필수는 아니었지만 드워프와 조인족, 건축가를 포함하여 페일과 타격대까지, 살아남은 유저들은 전원 이 자리에 나왔다.

참석률 100%의 기적적인 상황!

사망한 유저들도 접속이 되는 대로 별도로 포상식을 열어서 받아 가기로 했다.


－키야, 진심 횡재했네.

－위드와 도적단. 대성공.

－싱글벙글. 완전 즐거운 웃음으로 가득하다.

-다들 기뻐하는 와중에 보물을 나눠 주는 위드 님 얼굴만 찌푸려진 것 같은데. 내 눈이 이상한 건가?

-안면경직미소. 흔히 썩은 미소라고 하는 그것이네요.

-처음에는 저렇게 안 웃었던 거 같은데.

-시작할 때는 뭔가 비장해 보였죠. 점점 표정이 썩어 들어가는 듯?

-보물을 나눠 주려고 하면 배는 아플 듯.

-처음에 성공하면 주기로 했던 거잖아요. 약속을 반드시 지키는 위드 님인데 그럴 리 없어요!

-위드 님은 말 한마디의 무게감부터가 다릅니다. 지금 나눠 주는 거 보이잖아요.

-화면 안 보임? 방금 검 주는 위드 표정 완전히 썩었는데?

-CTS미디어로 채널 빨리 돌려 봐요. 위드 얼굴 클로즈업했는데, 눈가가 촉촉하게 젖어 있음.

박순조는 오후에 강의가 있어서 평소처럼 학교로 가는 버스를 탔다.

"그… 사람 아니야?"

"우리 과 선배?"

"맞는 것 같은데."

평소와는 다르게 버스에서 수군대는 소리가 들렸다.

한국 대학교 가상현실학과를 다니면서도 숫기가 없는 성격 탓에 아는 사람은 몇 명 안 되는 박순조.

"저기… 혹시요."

앞자리에 앉아 있던 여학생들이 뒤를 돌아보며 박순조에게 말을 걸어왔다.

"이번에 방송 나오신 분 아니세요?"

"저요?"

"네, 위드 님이랑 모험을 하신 도둑요."

"마, 맞는데요."

"꺅! 진짜 맞잖아. 어떡해."

박순조는 유명인이 된 것 같은 기분을 느꼈다.

한국 대학교에 도착할 때까지 모험에 대한 이야기들을 해 주느라, 그의 주변에는 사람들이 몰렸다.

"위드 님이랑 친하세요?"

"그냥 아는 형이에요."

"개인적으로도 아세요?"

"학교를 같이 다녀서요. 요즘에는 휴학을 했지만……."

"와, 대단하다."

이현을 알고 지낸다는 것만으로도 일반인들에게는 선망의 대상.

가상현실학과의 강의를 들으면서도 박순조의 곁에는 사람

들이 몰려 있었다.

"이번에 얻은 보물요? 형이 망토랑 신발 줬어요. 하나밖에 없는 물품이라 딱히 이름을 말해도 아시진 못할 거 같아요. 옵션요? 음… 너무 많이 붙어서 잘 기억은 안 나요. 재질은 드래곤의 가죽으로 만든 거던데요."

한국 대학교의 인기인으로 떠오른 박순조!

그에게는 문자 메시지도 계속 도착했다.


　-KMC미디어입니다. 방송 출연 섭외를 위해 만나 뵈었으면 합니다. 편하신 장소와 시간을 말씀해 주시면 저희 직원들이 가도록 하겠습니다.


　-CTS미디어입니다. 나이드 님의 일대기에 대해 방송을 진행하려고 하는데…….


대형 방송국들의 출연 요청도 잇따랐다.

그저 위드를 안다는 것만으로도 팔자가 완전히 바뀌어 있었다.

위드는 와삼이를 타고 하늘을 날았다.

따스한 햇살과 맑은 공기, 시원한 바람.

"크, 좋구나."

흰 구름 사이로 지상을 내려다보면 산과 나무, 호수가 어우러지는 아름다운 풍경에 기분마저 상쾌해졌다.

"꾸에에에엣."

"힘들어 죽겠다, 주인!"

뒤를 따르는 와일이를 비롯한 와이번들은 힘겹게 날갯짓을 했다.

그들의 몸통에 희생의 화로를 묶어서 엘프 비슈르에게 배달하고 있는 것!

마차를 이용하면 시간이 오래 걸릴 테니 비행 생명체들을 동원하여 날아가는 쪽을 선택했다.

위드는 가죽 갑옷에 바느질을 하며 심드렁하게 말했다.

"힘들어도 너희가 참아야 돼."

"왜 그래야 되나?"

"배달은 무조건 빠르고 정확해야 하거든."

최상의 서비스를 자랑하는 와이번 택배!

"그래도 힘들다. 이건 너무 무겁다."

"맞다. 너무 무거워서 추락할 것 같다."

"불평한다고 해서 세상이 나아져? 내가 택배를 좀 해 봐서 아는데 말이야, 그냥 하면 돼!"

위드는 스스로 꼰대 같다고 생각하면서도 즐거웠다.

다른 사람들은 욕할지 모르지만 본인 스스로는 매우 즐거운 꼰대질.

"힘들어도 조금만 참아."

"도착할 곳까지 아직 먼 거 아닌가?"

"응. 그래도 조금만 참으라고 해야지, 오래 참으라고 하는 말보단 낫잖아."

"카아아앗!"

와일이가 분노의 괴성을 질렀다.

누렁이처럼, 구박을 들으면서도 시키는 일은 죽어라 하는 황소와는 달랐다.

우는 아이는 더 울린다는 와이번들!

"지금 나한테 화내는 거야?"

"…아니다."

"화낸 거 같은데."

"그렇지 않다."

"나 존경하지?"

"그… 그렇다."

위드는 바느질을 하며 바로크 산맥의 숲으로 날아갔다.

하프 엘프 비슈르는 잃어버린 힘을 되찾는다면서 숲에 머무르고 있었다.

"저기로군."

위드가 와이번 부대를 이끌고 서서히 숲으로 내려갔다.

"희생의 화로를 구해 왔습니다."

"이것이 희생의 화로인가요. 빨리 구하셨네요."

"케이베른이 소유하고 있었습니다. 드워프들의 도움으로 얻었습니다."

위드는 드워프들이 만들어 놓은 광산을 통해서 케이베른의 레어에 있는 희생의 화로를 얻었다고 설명했다.

그 과정에서 자연스럽게 발생한 빈집 털이에 대한 이야기는 의도적으로 생략.

"이 화로에서는 지극히 순수한 뜨거운 열기가 느껴지는군요. 생명이 항상 타고 있는 것 같아요."

**드워프들의 고귀한 보물 완료**

하프 엘프 비슈르는 악룡 케이베른을 퇴치하기 위해 희생의 화로가 필요하다고 했다.

생명을 태우는 화로의 기적.

용사는 모험을 통해 희생의 화로가 무엇인지 알아냈고, 그것을 얻어 냈다.

-레벨이 올랐습니다.

-명성이 25,000 올랐습니다.

-불가능에 가까운 모험의 대가로 인해 영구적인 특별 보상을 얻습니다.
생명력의 최대치가 500 증가했습니다.
마나가 1,000 증가했습니다.

나름 짭짤한 수확!

경험치도 중요하지만, 조각사 출신으로서 얼마 안 되는 최대 생명력을 조금이라도 더 늘려 주는 게 소중했다.

'부가 수입으로는 괜찮군.'

물론 가장 큰 소득은 케이베른의 레어에서 얻어 낸 보물들이었다.

마법사들을 위한 마법 물품, 드워프들의 역작, 진귀한 보석들.

위드는 전사 세트, 사냥꾼 세트, 마법사 세트 등을 따로 챙겨 놓았다.

특정 괴물들이 착용할 수 있는 장비들도 있었는데, 그것들도 조각 변신술을 쓰면 사용이 가능했다.

레어에서 꺼낸 무기와 방어구 중 80% 정도는 심지어 레벨 800~900대에 쓸 수 있는 장비들이었다.

어떤 장비들은 위드도 착용이 불가능했고, 대부분 유저들은 구경밖에 할 수 없는 물품들.

그것들을 독점적으로 쓸 수 있게 되었으니 사냥이나 성장 속도는 훨씬 빨라질 수밖에 없었다.

앞으로 오랫동안 장비에 아쉬움을 느낄 일은 없을 테니까.

비슈르가 영롱하게 빛나는 눈을 깜박이며 말했다.

"희생의 화로가 있다고 해도 케이베른을 물리치기 위해서는 우리의 힘만으로는 부족해요. 동료들을 모아야 해요."

"드래곤과 싸울 능력 있는 동료가 있을까요?"

"얼어붙은 북쪽 바다 근처에 사는 크나툴. 그를 제가 만날 수 있다면 도와줄 거예요."

"크나툴?"

"주먹이 크고 거친 힘을 가진 바바리안이에요. 그는 차가운 바람기둥과 끝없는 싸움을 하고 있죠. 그리고 요정 기사 말린도 동료가 되면 큰 힘이 되어 주리라 생각해요."

띠링!

---

**함께 싸울 동료를 찾아서**

인간들의 발길이 닿지 않는 추운 땅, 하얀 짐승 가죽을 입은 바바리안들이 사는 땅으로 가서 크나툴을 찾아라. 두 주먹을 무기로 쓰는 그는 바바리안 종족의 불세출의 영웅!

기품 있는 아름다움을 사랑하는 요정 기사 말린은 가장 깊은 연못 화원에 있으리라.

하프 엘프 비슈르와 함께 그들을 만나서 이야기를 나눠라.

**난이도 :** S

**퀘스트 제한 :** 대륙을 구하는 영웅.

　　　　　　가장 높은 모험 명성.

---

위드는 고개를 끄덕였다.

이렇게 위험한 일에 앞세울 수 있는 전사가 있다면 얼마든지 끼워 주어야 했다.

"그들이 함께한다면 케이베른을 막는 데 확실히 도움이 되겠군요. 어서 찾아보겠습니다."

드래곤을 해치우는 퀘스트.

대륙에 알려지지 않은 강자들이 모이고 있었다.

-하얀 짐승 가죽을 입은 바바리안? 인간의 발길이 닿지 않은 추운 땅이라고 했다면, 미개척 지역임을 염두에 두어야 할 것 같습니다.

위드는 퀘스트를 진행하며 적극적으로 정보를 수집했다.

다양한 정보가 있다면 의뢰의 시간을 크게 단축할 수 있었다.

-제 생각에는 리셀리트 산맥 북쪽에 있는 얼음 지역 같습니다. 눈이 1미터 넘게 쌓여 두껍게 얼어 있는 땅. 거대한 몬스터들과 싸우는 거친 바바리안들이 산다는 정보를 들은 적 있습니다.

처음 듣는 장소들이라도 금방 정보가 모였다.

체이스만이 아니라 다른 모험가들도 추가적으로 확인과 도움을 줄 것이다.

라페이는 헤르메스 길드의 철저한 몰락을 느끼고 있었다.

주력 전투단을 구성하던 유저들.

무려 70만이 넘는 최강의 유저들이 하벤 지역에서 조금씩 자취를 감추고 있다.

"아무래도 풀이 있는 그라디안에서 활동하는 것으로 보입니다. 중앙 대륙에서 버젓이 활동하기에는 부담스러우니까요. 이미 2만 명은 넘어갔습니다. 매일 수백 명 이상이 빠져나가고 있고요."

아크힘의 말에 라페이는 쓴웃음을 짓기만 했다.

"우리가 약해지니 등을 돌리는군요⋯⋯."

"다시 돌아오도록 복귀 명령을 내려야 되지 않겠습니까?"

"그래도 안 돌아오면요?"

"척살령을 내려야지요."

"이미 하벤 지역을 벗어난 길드원들한테요?"

아크힘의 얼굴빛이 굳어졌다.

국경을 넘어가 아르펜 제국에서 활동하는 유저들에게 척살령을 내린다면 그 여파는 상상 이상으로 클 것임을 짐작할 수 있었다.

"탈주자들은 하벤 지역에서 더욱 먼 곳으로 도망칠 테고, 중앙 대륙과 북부 대륙을 가리지 않고 전투가 일어나겠군요. 일반 유저들이 개입한다면 추격조들의 안전이 위험하겠지요."

"더 최악인 건 추격하러 나간 길드원들이 돌아오지 않는 것입니다."

유저들이 헤르메스 길드를 싫어하는 건 어제오늘 일도 아니지만 케이베른으로 인한 비난까지 받았다.

헤르메스 길드원들도 그걸 알기 때문에 당장은 하벤 지역에 머물러 있지만 점점 어떻게든 빠져나가려고 했다.

유병준은 직접 로열 로드를 하고 나서 그가 알고 있던 세상이 달라졌음을 느꼈다.

밥을 먹더라도 로열 로드에서의 음식부터 떠오르고, 빌딩 밖에 오가는 사람들을 봐도 마찬가지였다.

'저들의 레벨이 나보다 높겠지? 감히 창조주인 나보다도…….'

로열 로드를 직접 개발한 자신이다.

기술적인 면의 큰 틀을 짜 놓고 나서 세부적인 면은 인공지능을 기반으로 구축했다.

'진작 해 볼걸.'

가만히 앉아 있으면 몸이 찌뿌둥하게 느껴지면서 로열 로드에 접속하고 싶어졌다.

토끼, 다람쥐, 여우 같은 초보 지역의 몬스터 사냥을 원했다.

'잘 도망 다니는 녀석들에게는 활을 써? 웬만해서는 도망

쳐 버리니 사냥이 쉽지 않단 말이야.'

로열 로드를 접속하는 것보다 경매 사이트를 돌아다니며 쓰는 시간이 훨씬 길었다. 물론 충분히 시간을 확보하기 위해 잠도 줄였다.

**제목 : 3,000골드 팝니다. 모라타 대기 중. 즉시 거래 요망.**

**제목 : 철검 팔아요. 대장장이 밥투스의 물품입니다.**

**제목 : 빙룡 광장. 10분 이내 거래. 17% 마나 회복 반지요.**

초보용 물품들은 대체로 다 비슷한 것 같지만 그래도 공격력이 1~2쯤 더 높거나 특수 옵션이 붙은 물품들도 있다.

**명사수의 활 팝니다.**
레벨 제한 10, 공격력 15인데요, 근거리, 중거리 명중률 43% 높여 주는 활입니다.
쏘면 웬만큼은 맞는다고 보면 돼요. 장거리는 우린 원래 못 맞히잖아요, 하하.
속사 10%, 관통 5%도 소소하게 있습니다.
돈이 급하게 필요해서, 오늘 안에 가장 높은 가격 제시하시는 분요!

"건졌다!"

경매 사이트를 돌아다니며 득템을 하는 기쁨!

유병준은 바로 판매자가 정해 놓은 최고 한도의 금액을 확인했다.

"1,000만 원?"

만 원에 시작한 경매였다.

명사수의 활이 대충 3~4만 원에 낙찰되기 때문에 의미 없이 적어 놓은 금액.

"정말 싸군."

유병준에게는 무척이나 저렴하게 느껴졌다.

저 활이 있다면 얄미운 토끼를 서너 발은 더 맞힐 수 있다. 그것만 하더라도 큰 아득.

─즉시 구매하셨습니다.

부위별로 가장 좋은 물품을 모으고, 무기도 검과 창, 도끼 등 다양하게 구입했다.

─박사님은 전형적인 로열 로드 중독자의 모습을 보이고 있습니다.

인공지능의 경고가 발생했다.

"중독?"

─예. 현재 상태는 중독 1단계로, 수면 장애와 운동 부족이 우려됩니다. 휴식을 취하는 것을 추천합니다.

인공지능의 알람도 유병준은 귀찮기만 했다.

"내가 앞으로 살날도 얼마 남지 않았는데 하고 싶은 일은 하고 살아야지."

－그건 그렇습니다.

"⋯⋯."

시원하게 인정하는 인공지능!

유병준은 별생각 없이 모라타에서 시작했지만 지금으로서
는 최고의 판단이라고 여기고 있었다.

"몽땅 사자."

초보들이 현질하기에는 최고의 도시.

무기와 방어구만이 아니라, 생산 물품과 음식에 이르기까
지 갖가지 물품들이 거래되고 있었다.

늦바람이 무섭다는 말처럼, 오죽하면 사냥보다 현질을 하
고 광장을 돌며 물품을 사들이는 시간이 훨씬 길었다.

"이게 인생의 즐거움이로군. 다른 거 다 없어도 로열 로드
만 있으면 행복하게 살 수 있을 것 같아."

－중독 2단계입니다.

서윤은 아르펜 제국을 통치하며 행정과 사람들에 대해 배
워 가고 있었다.

북부 지역만 다스릴 때는 도시만 개발하면 되었지만, 영
토가 넓어지고 몬스터들이 많아지면서 관리할 부분이 늘어

났다.

　다행히 시간이 날 때마다 유린이 친동생처럼 그녀를 따르며 도와주었다.

　"언니, 이톤 마을에서 투자 요청이 왔어요. 여긴 처음 듣는 이름이네요."

　"이톤 마을은 동부 해안에 있는 곳이야. 항구 바르나에서 쭉 남쪽으로 내려오면 보이는 곳으로, 해안선이 예쁘고 인근에 풍부한 어장도 있었던 것으로 기억해."

　서윤은 와삼이를 타고 북부 대륙의 곳곳을 다녀 보았다.

　"항로로 연결되면 해상무역의 중간 지점으로 커질 수 있는 잠재력이 높아. 투자 요청을 긍정적으로 검토해 봐야 되겠네."

　"와, 언니. 그게 다 파악이 돼요?"

　"응. 조금만 익숙해지면 너도 할 수 있을걸."

　서윤은 대답을 하며 살포시 웃었다.

　그 미소가 아찔하도록 아름다워서 유린은 잠시 정신을 놓았다. 의식이 그대로 사라진다고 할까.

　'예쁘긴 정말 예쁘다.'

　유린은 오빠가 정말 아름답고 착한 애인을 사귀었다고 생각했다.

　'사실 우리 오빠나 언니나, 마음에 벽을 쌓고 산 사람들인데……'

무엇을 계기로 둘의 마음이 하나로 이어졌는지는 세상에 밝혀지지 않은 수수께끼!

방송국들도 그 비밀을 파헤치려고 했지만 만만치 않았다.

위드와 서윤의 관계.

둘이 어떻게 첫 만남을 가졌고 어떻게 연애를 시작하게 됐는지는 모든 시청자들이 관심을 갖는 이슈였다.

'지난번에 오빠가 언니에겐 라면을 따로 끓여 주면서 계란도 큰 걸 넣었어.'

유린은 집에서도 소소한 부분까지 관찰하고 있었다.

자린고비 오빠에게는 믿을 수 없는 변화였는데, 그런 것이 사랑일까 싶었다.

"언니, 점심으로는 샌드위치 어때요?"

"샌드위치?"

"네. 궁전 근처에 있는 맛집을 알아냈어요!"

유린의 의견에 따라 점심은 샌드위치로 해결하기로 했다. 업무를 처리하면서 정말 바쁠 때는 간단히 때우기도 했지만 맛집들을 찾아다니는 것도 좋다.

서윤이 어딘가를 방문할 때마다 절로 홍보가 되어서, 대지의 궁전 발전에 도움이 되었다.

누군가는 대지의 궁전에 따로 예술품이 필요 없다는 의견도 내었는데, 그건 서윤의 존재 때문이었다.

"와… 어… 화아……."

"기가 막히네, 기가 막혀."

"낮인데도 빛이 나네, 빛이 나."

"실물로 보니 믿기지가 않는다. 인간이 어떻게 저렇게 예쁠 수 있는지 신기하다. 진심으로."

대지의 궁전에는 중앙 대륙의 유저들도 많이 와 있었다.

그들은 북부 대륙을 여행하면서 대지의 궁전도 필수로 왔는데, 서윤을 가까이에서 볼 수 있는 기회라 길가나 지붕 위에도 사람들이 올라가 있었다.

"흥, 머리끝부터 발끝까지 다 고친 걸 거야."

"용모랑 매력에 스탯을 얼마나 투자했는지 모르겠네. 아마 300? 400? 그래도 500은 안 넘겠지?"

"실물도 예쁘다던데?"

"수술했겠지."

질투심에 함부로 말을 내뱉는 사람들도 있었다.

유린이 멀리서 들려오는 말들에 미간을 확 찌푸렸다.

"언니, 저런 말 들으면 화 안 나요?"

"모르겠어. 화를 내야 할까? 다섯 살 때부터 예쁘다는 말은 항상 들어서, 외모에 대한 이야기에는 반응하고 싶지 않아."

"……."

그냥 태어났을 때부터 쭉 예뻐서 무감각해진 상태.

서윤은 자신의 비현실적인 외모가 다른 사람이 다가오지 못하게 만드는 역할을 했다는 걸 알고 있었다.

시기, 질투, 선망, 집착.

사람을 한창 경계하게 만들었지만, 이젠 아무래도 좋았다.

얼어붙어 있던 마음을 녹여 주고, 그녀의 곁에서 많은 추억을 함께 만들어 가는 사람이 있으니까.

"정말 맛있다."

서윤은 샌드위치를 먹으며 더없이 행복한 미소를 지었다.

그 순간, 유린을 포함해 길거리에 모여 있는 수많은 사람들이 오징어가 되어 버리고 말았다.

풀죽신교의 경제학자들은 마침내 케이베른의 공격 순서를 알아냈다.

"미스트리스. 그 이후가 모라타의 차례가 될 것입니다."

"확실합니까?"

"네. 마지막까지 확인이 필요했던 부분이 도시 퀘스트였습니다. 발전도와 인구, 경제보다는 가중치가 낮지만 도시 퀘스트가 관련되어 있었습니다. 지역 영향력도 꽤 개입되었고요. 도시 주민 중 귀족이나 명성이 높은 유저들도 연관되어 있었습니다."

경제학자들은 A4 두 장 분량에 달하는 공식을 뽑아냈다.

케이베른의 공격 대상을 지목하는 복잡한 논리 공식이었

는데, 발표하기 전부터 그들끼리도 여러 말들이 나오기는
했다.

"우리가 세계에서 최고로 꼽는 학술지인 저널 오브 파이넌
스에 논문을 낼 때도 이 정도로 정교한 건 아니었잖아?"

"검증에 동원된 인원 중에 대학교수만 300명이었지."

"완벽에 완벽을 더하느라 너무 늦어졌어."

"아무튼 큰일을 해냈군."

미국의 경제학자들이 주도하여 매주 진행되는 회의에서
케이베른의 공격 대상을 분석했다.

그들은 지적 성취감을 만끽했지만 대중은 그 공식은 쳐다
보지도 않았다.

태어나서 처음 보는 복잡한 기호와 숫자는 그저 눈으로 빠
르게 훑어 내려갈 뿐!


–미쳤다. 미스트리스가 17일 후에 파괴되고, 그다음이 모라타네.

–와… 모라타의 운명이 고작…해야…….

–발표에 따르면 모라타에서는 도시 명성과 관련된 퀘스트가 많
이 진행되지 않아서 천만다행이었네요. 역사가 오래된 도시였으면
진작 파괴되었음.

–늦기 전에 모라타 구경 갑시다. 한 번도 안 와 보신 분들은 꼭
보세요.

–오지 마세요, 여러분! 미스트리스와의 격차가 3.6%밖에 나지

않습니다. 잘못하면 모라타가 먼저 파괴될 수도 있다고요.

　－끝장이네. 북부의 성지가…….

북부 유저들을 들끓게 만드는 소식이었다.

그들에게는 마음의 고향이며, 현재의 아르펜 제국의 시초가 되었던 도시.

그 모라타가 파괴당하리라는 소식에 유저들이 받는 충격은 대단했다.

위드는 드워프 마을로 이동하기 전에 시간이 남은 만큼 사냥을 하며 크나툴과 말린에 대한 정보를 모으고 있었다.

마판 상단과 모라타의 대도서관에서 정보를 긁어모으고, 한편으로는 모험가들의 제보도 받았다.

그러던 와중에 풀죽신교의 발표를 듣게 되었다.

　－모라타가 파괴되는 날짜가 확실한가요?

　－경제학자들이 평생의 경력을 걸 수도 있답니다. 중앙 대륙 옛 왕국들의 수도를 대부분 먼저 파괴하고 오는 것이죠. 다만 모라타를 일부라도 파괴하면 우선순위가 밀려서 시간 여유를 얻을 수는 있습니다만.

모라타를 스스로 부순다.

건축물과 시설물을 파괴하여 인구를 떠나게 하고 발전도를 낮추면 케이베른의 표적 우선순위를 뒤로 늦출 수 있었다.

그래 봐야 고작 1~2주의 여유를 버는 것이 전부였지만.

–의미 없는 방법이로군요.

–그래도 그 시간만큼 건축물들을 고스란히 인근으로 옮길 수 있지 않을까요? 모든 건축가들이 시간과 인력을 지원해 준다면 모라타의 구조물들을 그대로 가까운 곳으로 옮겨 갈 수 있다고 장담하고 있습니다.

흑색 거성을 제외하고는 99%에 가까운 건물들이 새로 지어진 것이기 때문에 역사는 길지 않지만 유저들에게는 그래도 애정이 담긴 곳들이었다.

빛의 탑이나 조각품, 위대한 건축물도 여럿이었다.

–그래도 도시를 부숴서 시간을 버는 계획에는 찬성하지 않겠습니다.

위드는 버티는 시간이 늘어나더라도 큰 차이가 없다고 생각했다.

자신 역시 북부의 첫 도시인 모라타에 대한 애착은 깊지만, 모라타의 파괴를 일시 지연시킨다 해도 비슷한 발전도의 다른 도시가 파괴를 당한다.

편법으로 시간을 벌어서 많은 건물들을 옆으로 옮겨 놓더라도, 그게 과거의 모라타가 될 수는 없었다.

솔직히 천문학적인 이사 비용을 생각하면 모라타가 부서

진 후 재건하는 것이나 마찬가지일 것이다.

'결국 케이베른이 모라타에까지 오는구나. 이날이 오게 될 줄 알고 있긴 했지만.'

위드도 모라타를 잃고 싶진 않았다.

아르펜 제국의 시작이 된 도시. 그 가치만큼은 쉽게 놓아 버릴 수 없는 의미를 지닌다.

누군가 아르펜 제국에 대해 이야기할 때 빠질 수 없는 모라타, 그곳이 이미 파괴되고 사라진 후라면 허무하기 짝이 없을 테니까.

모라타의 뒷골목이나 판잣집들까지도 소소하게 정이 들었다.

오랫동안 로열 로드를 하면서 번 돈을 몽땅 투자하며 성장시켰던 도시.

위대한 건축물은 당연했고, 벽돌로 된 상가 건물이 한 채씩 올라갈 때의 벅찬 감동은 또 어떠했던가.

위드에게 집이나 다름없던 도시가 잿더미로 변하는 것이다.

'모라타를 지키고 싶다. 북부의 유저들도 아마 나처럼 생각하겠지.'

다른 도시로 쉽게 여행할 수 있는 중앙 대륙과는 다르게, 북부에서는 모라타를 거점으로 사람들이 북적거리며 살아갔었다.

모두가 함께 지냈던 모라타 시절이 없었다면 풀죽신교와 북부 유저들의 문화도 형성되지 못했을 게 틀림없었다.

'여유를 부릴 수는 없다. 퀘스트를 최대한 빨리 진행해야 해.'

위드는 발등에 불이 떨어졌음을 느꼈다.

가능하면 드래곤을 막아 모라타를 지키고 싶었다.

-체이스 님, 동쪽으로 떠나셨다고 들었는데, 지금 그곳 상황은 어때요?

-이틀 정도 뒤면 모험가들과 함께 불의 고리에 도착할 것 같습니다.

-위험할 텐데 조심하세요.

-안 그래도 벌써부터 화산재가 하늘을 가득 메우고 있군요. 걱정해 주셔서 고맙습니다.

랜도니에 대해 알아보기 위해 불의 고리로 떠난 모험가들.

케이베른만이 문제는 아니었기 때문에 실낱같은 정보라도 얻어 낼 수 있다면 도움이 되리라.

-하루나 님, 혹시 알아내신 게 있을까요?

-죄송해요! 아직 아무것도 못 알아냈어요. 최대한 빨리할게요.

-늦었지만 도와주셔서 고맙습니다.

-예에? 예! 열심히 할게요.

드래곤 레어에서 워낙 독촉을 당했던 하루나는 위드의 귓속말을 받자마자 정신이 멍해진 상태.

─요정들의 화원을 조사하러 가고 있으니 조만간 소식을 들려드리도록 할게요.

오크들이 사는 땅에는 세에취와 검둘치, 다른 사형들이 함께 돌아다녔다.

─사형, 그쪽 상황은요?

─오크들이 다 죽어 있는 것만 발견되고 있다. 흠… 상당히 과격한 드래곤이군.

─레드 드래곤이 인성으로는 아마 최악일 겁니다.

─그런데 여자 친구가 무언가를 해낸 것 같다.

─형수님이요?

검둘치는 잠시 말이 없었다.

세에취를 형수님이라고 하는 말을 들을 때마다 흐뭇해하는 검둘치.

─드래곤과 관련된 건데… 드디어 한 건 올린 것 같구나.

"취이익!"

세에취는 무너진 오크 부락을 돌아다니며 랜도니의 흔적을 쫓았다.

'도무지 모르겠어. 랜도니의 목적은 무엇일까. 오크들이

가지고 있을 어떤 보물?'

레드 드래곤이 쓸고 간 오크 부락에는 멀쩡히 남아 있는 물건이 드물었다. 땅까지 함께 부서지고 짓밟혀, 잔해를 뒤져야 했다.

'아무리 봐도 뭘 찾는지 모르겠어. 만약 있었더라도 랜도니가 먼저 입수하지 않을까?'

남은 흔적들을 파헤쳐도 얻는 것이 없었다.

모라타에서 알게 된 모험가 스펜슨이 와서 관찰 스킬을 썼지만 고개를 저었다.

"못하겠어요, 누나."

"취익, 모르겠어?"

"네. 관찰 스킬이 고급 6레벨이 되면 과거에 어떤 일이 있었는지 알 수 있지만 저는 3레벨이에요."

"체이스 님은 바쁘실까? 취취잇!"

"불의 고리로 모험가들을 데리고 가시고 있고, 그분이 오셔도 별거 없을 거예요. 드래곤이 파괴하는 모습이나 볼 수 있겠죠. 드래곤과 관련 있는 물건을 찾으면 발견이 뜨겠지만… 여긴 먼저 다 쓸고 가서 남은 게 없어서요."

드래곤의 뒤를 쫓는 방법은 실패.

'드래곤을 만날 수도 없고… 난 오크라서 추적이나 관찰 스킬을 못 키우는 게 정말 아쉽네. 역시 오크는 모험에 한계가 있나.'

세에취가 낙담하고 있을 때였다.

'이런 멍청이! 로열 로드라고 내가 너무 간단하게 생각했던 것 같아.'

뒤쫓으면서 흔적을 찾을 생각만 했다. 실력과 명성이 뛰어난 모험가에게는 그런 방법도 가능할 수 있지만 그녀에게는 어려운 것이 사실.

'드래곤이 남겨 놓은 것들로는 알 수 없다면 그 반대쪽을 살피면 되지 않겠어?'

랜도니의 이동 경로에서 흔적을 찾을 수 있을 것 같았다. 정확히는 앞쪽에서.

절망의 평원은 중앙 대륙 3개의 왕국을 합쳐 놓은 정도의 면적을 자랑한다.

더구나 오크들의 번식력은 무시무시해서 엄청난 개체 수가 넓게 퍼져 있었다.

'오크들 중에 비밀을 알고 있는 부족이 있지 않을까. 아마 랜도니와 관련된 오크들은 극소수. 그 오크들을 만나려면?'

분명히 넓은 땅 어딘가에 단서를 쥔 오크들이 있으리라.

-알겠습니다. 절망의 평원에서 힘껏 날아 보도록 하죠.

조인족들에게 돈을 지불하여 오크 부락의 움직임을 파악했다.

-대부분의 오크들이 랜도니의 침략에 사방팔방으로 도망치고 있습니다. 동굴에 숨는 녀석들도 있고요. 겁에 질린 오크들

의 반응이니 그렇게 이상하다고 볼 수는 없겠죠. 하지만……

－뭔가요. 세찬 둘기 님. 췻!

－묘한 움직임이 있습니다. 보통 오크들은 부족 전체가 뭉쳐서 다니는데요.

－추잇! 그런데요?

－랜도니를 피해서 뿔뿔이 흩어지는 오크 부족이 있었습니다.

－마치 쫓기는 것처럼? 취취이잇!

－바로 그렇습니다. 무조건 도망치고 있어서 접근하기는 어렵습니다만.

세에취는 목표를 정하고 절망의 평원을 달려갔다.

오크의 두툼한 허벅지로 힘껏 내달리는 그녀!

그리고 마침내 랜도니와 관련이 있는 부족들을 찾아냈다.

－말사 마을이 파괴되었습니다. 복구 지원 바랍니다.

－레벤토 마을로 몬스터 부대 진격 중. 병력 파견을 긴급 요청하고 있어요.

－도시 준. 공성전에 돌입했다는 보고입니다.

대지의 궁전에 있는 집무실.

서윤은 그동안 많은 노력을 했지만 그럼에도 불구하고 점

차 악화되는 상황을 막아 낼 수 없었다.

위드가 퀘스트를 진행하는 동안에도 아르펜 제국의 상황은 갈수록 심각해졌던 것이다.

새로 임명한 영주들 사이에서도 공공연하게 아르펜 제국을 비난하는 목소리들이 들렸다.

-신입 영주들의 동향이 심상치 않습니다. 가볍게 맥주 한잔 마시는 자리라서 나갔는데, 그들끼리 공공연하게 위드 님이나 아르펜 제국이 할 줄 아는 게 뭐냐고 비난하고 있었습니다.

헤르메스 길드 소속에서 비밀리에 전향했던 로프너!

그는 아르펜 제국에서도 중앙 대륙을 믿고 맡길 수 있는 관리자 중의 한 사람이었다.

서윤은 케이베른 사태를 수습하는 게 우선이라 참고 넘기려고 했다.

-근데 비난의 정도가 너무 강해서… 일부는 헤르메스 길드 시절이 나았다고도 하고, 혹은 돈값을 못한다는 말도 합니다. 어떻게든 조치를 취해야 하지 않을까요?

서윤이 결정하기 힘든 사안이었다.

내정에 대해서 관리하긴 하지만 영주들을 통제하는 건 자신이 없었다.

-영주들 사이에 불만이 많아요. 어떻게든 다독여야 하지 않을까요?

서윤이 걱정을 듬뿍 담아서 위드에게 이야기를 전달했다.

위드는 퀘스트를 진행하는 중간에도 바하모르그와 양념게 장, 페일을 데리고 열심히 사냥을 하고 있었다.

－안 그래도 드래곤도 막아야 하고 모라타 때문에 골치 아픈 데, 영주들까지…….

－어떻게든 진정시켜야 될 것 같아요.

－하긴, 나쁘고 귀찮은 일들은 한꺼번에 생기기 마련이지. 북 부의 영주들도 불만이 많아?

－그런 것 같진 않아요. 어려운 시기를 쭉 함께해 왔으니까요.

－그럼 신입 영주들이 문제겠군.

－맞아요.

－사냥하다가 갈 테니까 대지의 궁전으로 전부 소집령 내려.

위드의 명령에 의해 급하게 개최된 아르펜 제국 통치 회의!

대지의 궁전으로 북부 대륙과 중앙 대륙의 영주들 그리고 남부 사막지대의 부족장들이 모였다.

남부는 팔로스 제국의 건국 퀘스트가 거의 완료되면서 서 서히 국가의 형태를 띠고 있었다.

사막 지역의 부족장들은 현실을 누구보다 잘 알았다.

'현시점에서는 아르펜 제국이 대세야. 위드를 거스르면 살 아남지 못한다.'

'우리 남부는 인구도 얼마 안 되고… 게다가 이 지역의 전사들은 대부분 위드와 관련이 깊다.'

'독립을 해? 혁명을 일으키자고? 우리 부족원들이 먼저 날 죽이려고 들걸.'

팔로스 제국의 건국 퀘스트를 해낸 검치와 수련생들부터 위드의 최측근.

요즘에는 케이베른을 잡는다면서 선발한 대륙의 최정예 전사들이 남부에서 수련하고 있었다.

사막을 통합하기 위한 목적으로 일부러 힘을 과시하는 건 아니었지만, 옆에서 지켜보는 입장에서는 자연스럽게 고개를 숙이게 되었다.

'헤르메스 길드를 제외하면 로열 로드의 실력자들이 전부 위드를 따르고 있어.'

'우리가 지내는 사막지대도 뭐… 사실상 위드가 개척한 곳이긴 하지. 동부의 오크들과도 관련이 있다고 하고. 도대체 대륙에서 위드가 안 건드린 곳이 어디야?'

'위드가 대중적인 인기를 누리고 있지만 그게 전부가 아니야. 굉장히 뒤끝이 길고 당한 것은 복수를 꼭 해 준다고 하지. 어떤 꼬투리를 잡을지 모르니 조심하자.'

사막의 부족장들은 대지의 궁전에 와서 얌전히 앉아 있다 가기로 결심했다.

로암, 칼리스, 미헬, 샤우드, 군트.

세력을 과시하며 분위기를 주도하기 위해 나설 법도 했지만, 대영주들도 조용히 자리만 지켰다.

'위드의 눈에 띄어서 좋을 것이 없어.'

'조용히 지내자. 모난 돌이 정을 맞는다.'

직접 겪어 본 사람들은 안다.

세상 물정 모르고 활발하게 돌아다니며 떠드는 건 처음으로 도시를 다스리게 된 신입 영주들뿐이었다.

"핫하하, 브리튼 지역의 도시를 다스리는 군주시군요."

"아직 동네 파악도 끝내지 못한 상태입니다만 오시면 멋진 포도주 한잔하죠."

"그럽시다. 로열 로드는 즐겁고 행복한 세상 아니겠습니까, 크허허허허."

신입 영주들은 대회의실에서도 당당하고 말들이 많았다.

대영주들은 그저 철없는 그들을 지켜보며 침묵을 지킬 뿐이었다.

"위드 님이 들어오십니다."

드디어 아르펜 제국의 황제인 위드의 입장!

드래곤의 레어를 털어 먹은 후 얻은 전리품들 중에서 일부러 고급스러운 것들만 골라서 착용했다.

'귀찮지만 이런 호화로운 모습도 필요하단 말이지. 알바생들을 착취하는 사장들처럼 말이야.'

위드의 옷차림은 평범한 여행복이었지만 머리는 레어에서

털어 온 묵직한 보석 왕관을 쓰고 있었다.

황제라면 이 정도의 기분은 내야 한달까.

척!

모든 영주들이 자리에서 일어나 맞이했다.

"황제 폐하를 뵙습니다!"

"앉으세요. 그리고 다음부터는 편안하게 했으면 좋겠네요. 황제 폐하라든가, 이런 건 너무 거추장스러워서요."

위드가 부드럽게 웃으면서 말하자 신입 영주들은 사람이 너무 좋다고 생각했다.

'사회 경험이 적은 애송이일 거야. 모험에는 능숙해도 정치는 쉬운 것이 아니지. 명분을 쥐고 흔드는 쪽이 이긴단 말이야.'

'통치는 젊은 혈기로만 해낼 수 있는 일이 아니다. 헤르메스 길드가 실패를 좀 하긴 했어도 방향 자체는 옳았어.'

신입 영주들은 책임비를 내고 임명되었기에 부자나 재벌 2세가 다수를 이루었다.

더구나 헤르메스 길드에서도 영주로 활동했던 이들이 제법 섞여 있었다.

'대지의 궁전? 잘하면 이곳에서 내 영향력을 넓힐 수 있을지도.'

'작은 도시의 영주로 내 야망을 끝내기는 너무 아쉽지. 레벨이 낮고 사냥하기가 귀찮아서 적당히 도시 경영이나 하려

고 했는데, 더 큰물도 허점이 보인단 말이야.'

영주들의 눈이 정치질을 할 욕심으로 번뜩였다.

영주 모집 자체에서 인성이나 평판을 고려하지 않았기에 자연스럽게 발생한 부작용!

어떤 이들은 위드와 함께 들어온 서윤에게 눈을 돌렸다.

'풀죽 여신이라… 이름은 애들 장난 같지만 예쁘긴 정말 눈이 돌아갈 정도로 예쁘군. 보고 있는데도 믿기지 않아. 어쩌면 기회가 생기려나? 돈과 권력을 싫어하는 여자는 없으니 말이야.'

'아르펜 제국이 자리를 제대로 잡기 전이야. 지금 말을 많이 해서 영향력을 확대하자. 사람들이 내 의견을 신경 쓰도록 말이지. 이게 정치지.'

영주들의 야망이 무럭무럭 자라나고 있는 자리.

"오늘 논의할 안건은 치안이 불안정한 지역의 몬스터 토벌 추가와 도시들을 연결하는 도로 건설 건입니다."

위드는 느긋한 목소리로 중앙 대륙과 북부 대륙을 잇는 내부의 교통망 확보를 안건으로 올렸다.

도로 건설은 치안이 낮을수록 중요한 문제였다.

일반 유저들이 산이나 들판을 넘다 보면 몬스터나 도적 떼를 만날 확률이 꽤 높다.

도로가 있다면 유저들이 모여서 정해진 길을 다닐 수 있기에 더 안전하고, 훨씬 빠른 이동이 가능했다.

상인들의 경우에는 도로가 더 중요해서, 대규모로 마차를 이끌고 교역을 성공시킬 수 있었다.

"먼저 도로를 건설해야 할 지점으로는……."

"잠깐만요."

해롤드가 손을 들었다.

브리튼 지역에서도 자유도시의 중심에 있는 시슬레 성의 영주였다.

"먼저 확실히 짚고 넘어가야 할 게 있습니다. 우리가 영주가 된 건 아르펜 제국에 대한 믿음 때문이었습니다. 아시다시피 막대한 돈을 들여서 말이지요. 그런데 몬스터들이 창궐하면서 막대한 피해를 입고 있죠. 케이베른이 언제 내 도시를 부술지 몰라서 불안감에 떨고 있습니다. 솔직히 기대한 만큼의 통치가 제대로 이루어지고 있지 않아서 실망이 큽니다. 여기에 대해서 위드 님이 먼저 모두에게 정중히 사과를 하셔야 되는 거 아닙니까?"

"……."

대지의 궁전의 연회장에 침묵이 흘렀다.

케이베른이나 몬스터의 활동으로 피해를 입은 지역이 많았지만, 시작부터 그것을 빌미로 공개적으로 위드를 비난할 줄이야.

해롤드가 주위를 둘러보더니 씩 웃었다.

"저처럼 말하고 싶어도 말하지 못하는 분들이 많을 겁니다. 저는 그분들을 대신해서 이야기한 것뿐이니 오해는 없으시기 바랍니다. 개인적으로는 위드 님의 팬이니까요."


TO BE CONTINUED

# 200평 초대형 24시 만화방

수면실 (침대식) — 사우나석

다인석 — 샤워실

세탁기 — 신간100%

## 📖 수원 인계동점

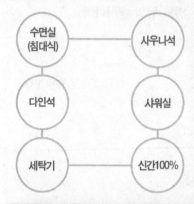

나혜석거리 ● ● 농협

CGV ● ● 수원시청역⑧

무비 사거리

소주한잔 건물 24시 만화방 3F

홍콩반점 ● ● 홈플러스

TEL : 031-226-3771
수원시 팔달구 인계동 1041-11 3층 24시 만화방

## 📖 의정부점

의정부역 ④ ⑤ 흥선지하도

◀ 서울방향

진성약국 ● ● 던킨도넛츠

24시 만화방 3F

TEL : 031-856-3971
경기도 의정부시 의정부동 197-13 3층

## 📖 주안점

주안 남부역

◀ 제물포

민병철 어학원 간석동 ▶

25시 만화방 6F

TEL : 032-426-2871
인천광역시 주안남부역 지하상가 4번 출구 GS25시 건물 6층

## 📖 안양점

● 안양역 육교

◀ 관악역 명학역 ▶

농협 ●

24시 만화방 2F

안양일번가

TEL : 031-466-3771
경기도 안양시 안양동 674-163 죠이당구장건물 2층